로크미디어가
유혹하는
재미있는 세상

ROK
MEDIA
로크미디어

바인더북

바인더북 22

2016년 7월 13일 초판 1쇄 인쇄
2016년 7월 18일 초판 1쇄 발행

지은이 산초
발행인 이종주

기획 팀 이기헌 송윤성
책임 편집 이정규

발행처 (주)로크미디어
출판등록 2003년 3월 24일
주소 서울시 마포구 성암로 330 DMC첨단산업센터 3층 314호
Tel (02)3273-5135 **Fax** (02)3273-5134
홈페이지 rokmedia.com **E-mail** rokmedia@empas.com

ⓒ 산초, 2013

값 8,000원

ISBN 979-11-5999-172-1 (22권)
ISBN 978-89-257-3232-9 04810 (세트)

BINDER
BOOK

바인더북

22

| 산초 퓨전 장편소설 |

c o n t e n t s

BINDER
BOOK

잠복

오전 6시 뉴스.

―……다음은 오늘 새벽 2시경에 일어난 폭력 사건입니다. 세종문화회관 뒤편 골목에 위치한 ○○모텔에서 조직폭력배 간의 격투가 벌어졌다고 합니다. 종로경찰서의 발표에 따르면 신고를 받고 출동했지만 이미 상황이 끝나 현장인 ○○모텔에는 핏자국만 남아 있었다고 합니다. 이로 보아 기습에 의해 전격적으로 싸움이 벌어졌다가 순식간에 끝난 것으로 여겨진다고 했습니다. 자세한 상황은 현장에 나가 있는 추성수 기자를 연결해 알아보겠습니다. 추 기자?

TV 화면에 여성 앵커가 사라지고 흰 남방셔츠에 체크무늬 콤비를 걸친 남성이 영상에 잡혔다.

―예! 현장에 나와 있는 추성수 기잡니다.

―조직폭력배 간에 싸움이 벌어졌다고 하는데, 도대체 어떻게 된 일입니까?

―이곳은 세종문화회관 뒤편 골목으로 정체불명의 조직폭력배들 간의 피를 튀기는 격투가 벌어진 장소입니다.

기자의 모습이 사라지면서 핏자국을 비롯해 무기로 사용한 각종 연장들이 어지럽게 널려 있는 현장이 화면에 잡혔다.

―추 기자, 화면을 보니 굉장한 싸움이었던 것 같습니다.

―그렇습니다. 화면에서 보시다시피 기물과 시설 들이 부서지고 핏자국을 물론 칼과 도끼, 철근 등의 흉기들이 어지럽게 널려 있는 것만 봐도 전쟁터를 방불케 하고 있습니다. 이로 보아 당시의 상황이 얼마나 살벌했는지를 추측할 수 있습니다. 그런데 이런 처참한 모습이 불과 5분에서 10분 사이에 이루어졌다는 것이 놀라울 따름입니다.

―5분에서 10분 사이에 벌어진 일이라고요?

―예. 주민의 신고를 받은 경찰이 5분 만에 현장에 도착했다고 합니다. 10분을 언급한 것은 주민의 신고가 5분 정도 늦었음을 계산한 추정 시간입니다.

―추 기자, 5분이든 10분이든 현장의 상황을 보면 그 짧은 시간에 서로 생사를 건 싸움을 했다는 얘긴데, 피해자는 몇 명이나 됩니까?

―그것이 이상합니다. 살벌한 현장인 만큼 피해자가 나와야 당연한 일인데, 단 한 명도 발견하지 못했습니다. 아니, 발견하지 못했다는 표현보다 모두 사라졌다는 것이 맞습니다. 이는 싸움을 벌인 조직폭력배들이 모두 데리고 갔다는 뜻이며, 아울러 이는 경찰이 추적할 단서를 남기지 않으려는 서로의 묵계에 의한 것이 아닌가 여겨집니다.

―그렇다면 경찰은 지금 그들이 어디로 갔는지 모르는 상태란 말이군요?

―현재까지는 그렇습니다. 그래서 경찰은 현재 감시 카메라를 통해 이들의 도주 경로를 확인하는 동시에 각 병원에 연락해 협조를 구하고 있는 상황입니다.

―그렇군요. 아무래도 중상을 입었다면 병원부터 찾기 마련이겠지요. 혹시 경찰은 사망한 자가 있을 것이라고 추측하고 있습니까?

―바닥에 피가 흥건한 걸로 보아 그럴 가능성이 있다고 보고 있습니다. 그 때문에 서울 전 지역에 비상을 건 상태에서 검문이 이루어지고 있지만, 아직까지는 별다른 소식이 없다고 합니다.

―지금이 6시입니다. 4시간 동안 허탕을 치고 있다는 얘기군요.

―예. 그래서 종로 4거리를 중심으로 네 개 파로 나뉘어 있는 서소문파, 경복궁파, 무랑루즈파, 광장파에 대해 집중

적으로 수사하고 있는 중이라고 합니다.

　－어떤 단서라도 나왔습니까?

　－조금 전까지 알아본 바에 의하면 그들과는 무관한 일이
라고 합니다. 하지만 경찰은 이들이 어떤 식으로든 개입했을
것이라고 여기며 심문의 강도를 더하고 있는 중입니다.

　－알겠습니다. 느닷없이 격투의 현장이 된 ○○모텔 주인
은 만나 봤습니까?

　－예. 그야말로 날벼락을 맞은 셈입니다. 주인 오 모 씨는
졸고 있다가 난데없이 비명 소리가 들리자 놀라서 2층으로
올라갔답니다. 그리고 조직폭력배들의 칼부림으로 이미 난
장판이 된 현장을 보고 그길로 뛰쳐나왔다고 합니다. 이어
놀란 가슴을 진정할 새도 없이 곧바로 경찰에 신고를 했다고
합니다.

　－주인은 조직폭력배들이 2층으로 올라가는 것을 보지 못
한 건가요?

　－그렇습니다. 야심한 시각이라 졸고 있었다고 합니다. 아
마도 그사이에 우르르 몰려 올라간 것 같다고 합니다.

　－주인 오 모 씨라면 숙박한 사람들의 인상착의를 알고 있
을 것 아닙니까?

　－말씀대로 경찰 역시 그 점을 중시해 오 모 씨를 상대로
몽타주를 작성하고 있는 중이라고 합니다.

　－혹시 다른 투숙객들은 없었습니까?

-아, 장기 투숙객인 일본인들이 있었습니다.

-일본인요?

-예. 바로 옆에 있는 도해합명회사 직원들이 숙소로 사용하고 있던 중이라고 합니다.

-혹시 그들 중에 피해자가 있나요?

-마침 출장을 간 직원이 많아 두 명 정도만 머물고 있었다고 합니다. 두 사람은 소란이 일어나자 문을 잠근 채 경찰이 올 때까지 공포에 떨고 있었다고 합니다.

-국제적으로 문제가 일어날 가능성은 없는지요?

-현장에 피해자가 남아 있었다면 모르겠지만, 현재로서는 그럴 가능성은 없어 보입니다. 무엇보다 다행인 점은 학원가이고 사람들이 많이 모이는 지역임에도 불구하고 새벽 2시경에 벌어진 일이라 일반 시민들과 학원생들의 피해가 없었다는 것입니다.

-그 점은 천만다행이군요. 알겠습니다. 계속해서 속보가 들어오는 대로 소식을 전해 주시기 바랍니다.

-예. 광화문에서 추성수 기자가 전해 드렸습니다.

자정 무렵의 강남구 염곡동.

쏴아! 쏴아아-!

구룡산을 배경으로 저마다 각양각색의 멋스러움과 개성을 뽐내며 지어진 주택가에 억수 같은 폭우가 쏟아지고 있었다.

번–쩍–!

쾅! 꽈르릉!

단짝인 양, 번개는 까맣게 변해 버린 세상을 일시에 밝혔다가 이내 사라졌고, 천둥은 먹물 같은 어둠을 연거푸 두드려 대기를 반복했다.

쫠쫠쫠…….

땅속으로 채 흡수되지 못한 빗물들은 금세 불어나 거센 흙탕물로 변했다.

심상치 않은 소리를 내며 폭포수가 되어 저지대로 흘러가는 빗물은 보는 이로 하여금 근심을 자아내게 할 정도로 점점 더 거세졌다.

그런 가운데 주택가 골목에 줄지어 늘어선 차량 중 시커먼 밴에는 정광수와 팀원인 김창식이 은밀히 잠복해 있었다.

잠복하고 있는 이유는 담용과 함께 비행기를 타고 온 사람이 이곳에 살고 있었기 때문이다.

이름은 이상민.

이는 차민수 과장이 경찰의 도움을 받아 김덕기와 유상곤을 체포해 취조한 결과 나온 이름이었다.

다행히도 담용을 포함해 세 명으로 압축됐다는 말에 더 많은 이의 희생을 걱정할 필요가 없어진 상황이었다.

세 명 중 수원에 거주하던 한상락 씨는 이미 희생된 상태였고, 담용 역시 대상자 중 하나였지만 아직 접촉한 사실이 없었다.

사실 담용이야 늘 집을 비우고 있는 상태에다 행방마저 들쭉날쭉하다 보니 야쿠자들이 찾아내기가 쉽지 않은 면이 있었다.

만약 조우를 했었더라면 지금 이곳에서 잠복하는 일은 없었을지도 모른다.

밴 안에서 우려스러운 눈길로 폭우를 쳐다보던 김창식이 입을 열었다.

"팀장님, 하늘이 뚫렸나 봅니다. 아예 물동이로 퍼붓는데요?"

"마른장마가 끝나려는 징조야."

하긴 올해는 장마라도 비다운 비가 온 적이 별로 없었다.

"이대로 1시간만 더 내리면 어디 한 군데 물난리가 나지 싶습니다."

"그거야 매번 겪는 일 아닌가? 새삼스럽긴……."

"쩝, 또 성금 명목으로 월급을 떼이게 생겼네요."

"허헛, 달리 유리 지갑이라고 하는 게 아니니까."

어느 한 곳에 물난리가 날 때마다 매번 그래 왔던 터라 이제는 그러려니 했다.

"그나저나 이 친구들이 걱정이군."

"그러네요. 우리야 차 안에 있어서 괜찮지만 최 요원과 구 요원은 물에 빠진 생쥐 꼴이 됐겠습니다."

"이런 폭우는 예상치 못했는데……."

전혀 대비를 하지 못한 근심이 우려를 낳았다.

"쯧, 감기나 걸리지 않았으면 좋겠군."

"모포를 가져다주려고 해도 시기가 좀 거시기 한데요?"

"아서, 자정이 지났다면 곧 놈들이 나타날 수도 있어."

까마귀 날자 배 떨어질 수 있다는 소리.

"그럼 연락이라도 해 볼까요?"

"해 봐. 아무래도 판초우의 하나로 견디기는 무리이니 말 이라도 시켜 보라구."

"젠장. 하루 종일 멀쩡했던 날씨였는데……. 이럴 줄 알았 으면 기상청 예보를 들어 둘걸 그랬습니다."

때늦은 후회를 한 김창식이 이어 마이크를 켰다.

삐이…….

─여긴 애기 곰 하나, 무슨 일인가?

─여기는 애기 곰 둘. 뭔 일 있냐?

임시로 설정한 공용 주파수라 두 군데서 동시에 목소리가 들려왔다.

"어, 다들 괜찮아?"

─젠장. 앞이 잘 안 보여.

─이 날씨에 괜찮을 리가 없잖아? 무슨 일인데?

"쩝, 팀장님이 괜히 미안해서 연락해 보라고 해서 한 거야."

- 크큭, 끝나고 술이나 한잔 사시라고 해.

- 난 안주로 두루치기가 먹고 싶다고 말씀드려.

"알았다. 모두 이상 없어?"

- 동쪽 이상 무.

- 서쪽도 이상 무.

"좋아, 감기 들지 않게 체온을 유지하라는 팀장님의 당부다."

- 으슬으슬해 오지만 견뎌야지 어떡하겠어?

- 난 속옷까지 흠뻑 젖었는데 교대해 주면 안 될까?

"쿠쿠쿡, 별로 달갑지 않은 소리군. 나처럼 제비뽑기를 잘했어야지."

- 쿵! 다음엔 꼭 이기고 만다.

- 아무래도 야료가 있었던 것 같다. 매번 지던 놈이 하필이면 오늘 같은 날 이기냐?

"멋대로 지껄여도 이 몸은 결백하니까 맘대로 생각하셔. 어쨌든 징후가 보이면 재깍 담당관님께 먼저 보고해 드리는 걸 잊지 말라고."

- 알았다.

- 콜.

"만약을 모르니 총기를 점검해 놔."

─이미 해 놨어.

─난 이미 소음기까지 끼워 놓고 아예 애인처럼 품고 있다.

"좋아. 이만 아웃하자고."

이어 마이크를 끈 김창식이 머리를 절레절레 흔들며 말했다.

"팀장님, 둘 다 오래 됐다간 큰일 나겠는데요?"

오랫동안 손발을 맞춰 온 팀원이라 목소리만 듣고서도 컨디션이 좋지 않음을 알고 하는 소리였다.

"지금으로서는 어쩔 수 없어."

"놈들이 오늘 나타날 거라는 보장이 없으니까 그렇죠?"

온다는 확신만 들면 견디기 어렵지 않다는 말.

"한상락 씨의 사인死人이 밝혀지게 되면 곤란한 놈들이야. 그러니 놈들도 일이 커지기 전에 빨리 움직일 게 틀림없어."

"뭐, 저도 그랬으면 좋겠습니다만……."

"내가 걱정하는 건 다른 데 있어."

"예? 그게 뭔데요?"

"한상락 씨의 집인 아파트보다 침투가 더 용이한 주택이란 점이지."

사방이 뻥 뚫린 주택이라 침투로가 많다는 점이 신경 쓰인다는 뜻이었다.

"그렇긴 해도 담당관님이 이상민 씨와 함께 있으니 한상락 씨처럼 영문도 모르고 당하는 일은 없을 겁니다."

"그렇긴 한데……."

기실 담용은 일찍부터 이상민의 집에서 함께하고 있었다.

즉, 밀착 경호 중인 것이다.

"정작 중요한 문제는 그게 아니라는 거야."

"예? 우리가 놓친 거라도 있습니까?"

"생각을 해 봐. 만약 놈들이 떼거리로 나타나면 담당관님 혼자 감당할 수 있을지 말이야."

"아, 아……."

"우리가 그에 대한 대비를 전혀 하지 않고 있다는 게 마음이 쓰여."

"제 생각에는 떼거리로 나타나지는 않을 것 같습니다."

"응?"

"한상락 씨의 경우 단서를 전혀 찾을 수 없었던 것을 보면, 한 명 아니면 많아야 두 명 정도일 겁니다. 떼거리로 나타나면 그중 한 명 정도는 흔적을 남기지 않겠습니까?"

확실히 확률상으로는 그런 점이 있었다.

암살이라는 것이 주로 단독으로 움직이면서 범행을 저지르는 일이었으니 말이다.

틀린 말은 아니어서인지 정광수가 고개를 미미하게 끄덕였다.

그도 스나이퍼나 암살자 같은 전문가라도 사람을 죽이는

일이 결코 쉽지만은 않음을 아는 것이다.

"그러니까 만약이라는 거야. 우린 늘 최악의 경우를 생각하지 않으면 안 돼."

"모르진 않습니다만 담당관님의 실력도 만만치 않으니 놈들도 쉽지 않을 겁니다. 일단 믿어 보지요. 어차피 불가능한 일이라면 우리 인원으로도 벅찬 일일 테니까요."

"하긴⋯⋯."

은밀한 움직임을 요하는 일이라면 떼거리로 나타나 범행을 저지르지는 않을 것이다.

더구나 이미 작전이 실행된 상태여서 마음을 끓여 봤자 무소용이다.

"그나저나 새벽에 정말 굉장했지요?"

끄덕끄덕.

새벽의 일을 쭈욱 지켜봤으니 정광수도 흑수파와 야쿠자들 간의 싸움을 모르지 않았다.

"아마 몇 놈은 목숨이 간당간당할걸요."

"빌어먹을 놈들. 가까운 병원에 데려다 놓고 도주할 것이지 중상자를 데리고 그냥 내빼다니⋯⋯."

"그건 정말 아니다 싶던걸요. 무슨 국가를 위해 목숨을 건 첩보 활동을 하는 것도 아닌데 말입니다."

"폭력 조직이란 게 그래서 무서운 거야. 놈들은 우리나라와는 달리 가족들까지 한 패거리인 경우가 많거든."

"그 말은 배신을 하거나 포로가 됐을 때 자칫 가족들에게 까지 위험이 닥칠 수 있다는 뜻입니까?"

"그래, 바로 그거야. 악착같은 성정을 몸에 새기란 의미지."

"쩝, 그래서 목숨을 도외시하고 동료를 데리고 가는 것이 의리를 지키는 거라고 여기는군요."

"그런 셈이지."

"아무튼 양쪽 다 피해가 막심할 테니 당분간 조용하겠습니다."

"두고 봐야지. 그리고 인원을 보충하려고 할 테니 홍콩과 일본에서 입국하는 자들을 감시할 필요가 있어."

"헐, 우리나라가 그놈들 전쟁터로 변하겠군요."

"그 전에 깡그리 잡아들여야지."

우웅. 우우웅.

"……?"

정광수는 상의 주머니에 넣어 놓은 자신의 휴대폰이 울리자 얼른 빼 들고는 액정을 확인했다.

'응?'

A11

'아, 그렇지.'

잠시 액정의 내용이 뭔가 했던 정광수가 얼른 플립을 올리고는 입을 열었다.

"날세."

─A11입니다.

"그래, 알아보라고 한 건 어떻게 됐나?"

─하루 반나절 동안의 동선은 파악이 됐습니다.

"수고했어."

─근데 이것 가지고 되겠습니까?

"윗분이 이틀의 시간밖에 주지 않았으니 어쩌겠나?"

─그럼 요약해서 메시지로 넘겨 드리지요.

"그렇게 해."

─옛! 수고하십시오.

플립을 내리는 정광수에게 김창식이 의아한 표정으로 물었다.

"뭡니까?"

"아, 구동기 건이야."

"아 아, 구 치안감요?"

"응."

"푸흣, 그 양반도 끝났군요."

"박성원 의원의 표정이 어떨지 궁금해지는군."

"아, 그 양반이 이번에 한일의원연맹간사장이 됐지요?"

"둘 다 골수 친일파 놈들이지."

"이참에 빨대를 꽂고 있는 놈들을 시원하게 처리해 버렸으면 좋겠습니다."

"그건 나도 같은 생각이야. 알고 있으면서도 손을 쓰지 못하
다 보니 속에서 천불이 나서 위장병이 다 생길 지경이거든."

정치적으로 묘하게 얽혀 있는 관계로 인해 손을 대기가 껄
끄러운 면이 있었던 것이다.

"후후훗, 갈성규 의원같이 처리한다면 감쪽같지 않겠습니까?"

"방귀가 잦으면 뭐가 나오듯이 그런 방식도 한계가 있어.
아무튼 기대가 되긴 해."

"차라리 담당관님을 친일파 놈들을 깡그리 처리해 버리는
해결사로 선임해서 나서게 하면 좋겠습니다. 어떤 방식을 취
하는지는 모르겠지만 증거를 남기는 일은 없을 것 아닙니까?"

"후후훗, 그거 괜찮은데."

웃으며 동의는 하지만 불가능한 방법이었다. 또 그런 직책
도 없다.

"우라질, 비가 그칠 생각을 안 하네요."

"그러게."

김창식의 말대로 밖은 여전히 비가 억수같이 내리고 있었다.

"어? 잠시만요."

연락이 왔는지 김창식이 손을 귀에 갖다 댔다.

―애기 곰 둘, 너구리 두 마리 포착.

"엉? 둘이라고?"

―응, 지금 구룡산 능선을 타고 산기슭까지 내려……. 젠

장 할, 뭐가 저리 빨라. 벌써 옹벽까지 왔다. 몸놀림이 예사롭지가 않다.

"당연할 테지. 담당관님께는?"

─먼저 연락드리고 보고하는 거야.

"좋아, 꼼짝도 하지 마."

─그건 염려 마. 다비드상이 된 지 오래니까.

"총 점검하고 대기."

─오키. 아웃.

"팀장님, 놈들이 서쪽에 나타났답니다. 두 명이요."

시계를 슬쩍 본 정광수가 서쪽 방향으로 시선을 두더니 대답했다.

"1시로군. 총을 꺼내."

"옛!"

사삭. 사사삭.

억수같이 내리는 야음을 뚫고 빠른 속도로 움직이는 인영은 둘이었다.

검은 야행복에 두건까지 덮어쓴 두 명의 인영은 산기슭에 닿자마자 발치에 제법 높은 옹벽이 있음에도 거침없이 뛰어내렸다.

'젠장. 이미 사전 답사를 해 뒀다는 거로군.'

판초우의를 걸치고 고목 아래 '껌딱지'처럼 붙어 장승이 되어 있던 최갑식은 일말의 거리낌도 없는 인영들의 행동에 내심 혀를 내둘렀다.

먹물이나 다름없는 깜깜한 밤이라 구분이 되지 않는 산기슭과 옹벽을 무시하고 거침없이 내달린다는 것은 사전에 답사를 해 두지 않았다면 할 수 없는 행동이었다.

스슥. 스스슥.

바로 지척에서 스치듯 지나치는 두 인영을 쳐다보던 최갑수가 눈을 휩 떴다.

'헐! 억수 같은 비에도 젖지 않는 옷이라니…….'

억수 같은 비에 몸에 찰싹 달라붙어야 할 옷이 전혀 그런 것 같지 않은 모습에 최갑식이 또 한 번 놀랐다.

심지어는 두 눈만 빼꼼 내놓은 두건마저도 그랬다.

기동성을 그대로 유지할 수 있는 기능성 야행복임을 알 수 있었다.

두 인영은 다른 누구도 아닌 무라카미의 지시를 받아 움직이는 나루세와 아라키였다.

이들은 3단계로 나뉘는 닌자 서열 중 마지막 세 번째인 게닌下忍에 속하는 자들이었다.

닌자의 가장 상위 계급은 죠닌上忍이다.

죠닌은 주로 작전 계획을 하며 작전에 투입되지 않는 일종의 참모였다.

그 다음이 쥬닌中忍으로 닌자의 중간관리직 계급이었으며, 그 아래에 가장 기본적인 전투원 닌자인 게닌이 존재했다.

게닌은 쥬닌과 함께 작전에 투입되는데, 쥬닌의 지휘를 받아 작전을 실행하는 역할을 한다.

즉, 무라카미가 쥬닌이며 나루세와 아라키가 그의 지휘하에 있는 게닌인 것이다.

물론 무라카미는 닌자 가문의 후계자임으로 지금 임시로 쥬닌의 역할을 맡은 것이지 실제로는 더 높은 지위를 가지고 있다.

척! 처척!

담장을 훌쩍 뛰어넘은 나루세와 아라키가 정원에 맞닿아 있는 테라스 난간마저 가볍게 넘어서는 통유리를 사이에 두고 벽에 바짝 붙었다.

유리창은 엄청 컸다. 마치 가수 김성수의 '해후'란 노래에 나오는 '창 넓은 찻집에서'란 가사와 딱 들어맞는 통유리였다.

자정이 넘은 시각이라 실내는 컴컴했다.

우측 벽에 붙은 아라키가 뭔가를 꺼내더니 유리창에 대고 크게 원을 그렸다. 유리칼이었다.

바인더북

야쿠자가 아니라 닌자들이었어

"……!"

실내 소파에 기대어 눈을 감고 있던 담용이 눈을 번쩍 떴다.

활짝 개방해 놨던 차크라에 미미한 유동이 느껴진 탓이었다.

'왔군.'

기감이 감지된 곳은 산비탈 쪽이었고, 풀잎을 스치는 소리가 귀를 간질였다.

침대에 드러누워 있던 이상민은 담용이 기댔던 소파에서 몸을 일으키는 것을 보고 순간 긴장했다. 동시에 심장이 철렁하면서 박동 수가 빨라졌다.

훤칠한 신장에 미남형의 청년, 이상민이 재빨리 몸을 일으 켰다.

표정은 긴장감으로 딱딱하게 굳어 버렸다.

"쉿!"

행여 소리를 낼까 저어한 담용이 입에 검지를 대고는 구석 을 가리켰다.

이상민은 군말 없이 까치발로 벽장 옆 빈 공간을 비집고는 몸을 숨긴 뒤 스탠드 옷걸이로 앞을 가렸다.

기실 이상민은 황당하기 짝이 없는 심정이었다.

오후 6시경, 자신이 경영하는 청담동 나래엔터테인먼트로 낯모르는 사내 두 명이 찾아왔다.

-이상민 씨 되십니까?

-예, 제가 이상민입니다.

-국정원에서 나왔습니다.

-예? 구, 국정원요?

-예.

-국정원에서 왜 저를……?

-지난 9월 4일에 홍콩을 다녀오신 적이 있지요?

-아, 예. 근데 그게 왜……?

-혹시 한상락 씨가 피살된 사건을 알고 있습니까?

-압니다. 뉴스에서 봤습니다만……. 하지만 저와는 상관

없는 일인데요?

　-상관이 있습니다.

　-에? 저, 저를 범인으로 보는 겁니까?

　-아닙니다. 이상민 씨를 보호하려는 것입니다.

　-보, 보호요?

　-예.

　-전 잘못한 일이 없습니다.

　-압니다. 그날 ○○723편 여객기를 타고 김포공항에 도
착한 사람 중에 한상락 씨가 있었습니다. 그분도 이상민 씨
와 비슷한 나이대지요.

　-하면……?

　-예, 예측하시는 게 맞을 겁니다. 범인이 이상민 씨를 노
릴지도 모른다는 거죠.

　-하! 이, 이유가 뭡니까?

　-그건 우리도 모릅니다. 다만 정보에 의하면 한상락 씨를
비롯한 세 사람이 위험하다고 합니다.

　-제, 제가 위험하다고요?

　-예, 그래서 저희들이 신변 보호 프로그램을 발동했습니
다. 그러니 귀찮으시더라도 협조해 주셨으면 합니다.

　-어, 언제까지……?

　-빠르면 오늘, 늦으면 내일까지일 겁니다.

　-그 이후는요?

-안심하셔도 될 겁니다.

　-후우, 무슨 연유인지는 모르지만 제 목숨이 위태롭다는 데야 당연히 협조해 드려야지요.

　정말 황당한 일이었다.

　더불어 자신의 일상을 낱낱이 내보이는 것이 그리 기분 좋은 일이 아님을 직접 체험함으로써 알았다.

　그때부터 지금까지 꼬박 8시간 가까이 국정원 요원들이 달라붙어 있는 중이었으니까.

　그런데 지금 그 국정원 요원이 바짝 긴장하고 있었다. 이는 누군가 자신을 죽이러 오고 있음을 뜻했다.

　자연 오금이 저리고 심장이 쫄깃해졌다.

　아울러 국정원 요원이란 자가 자신을 지켜 줄 수 있을지 의문이 들었다.

　달랑 한 사람.

　게다가 천둥과 번개가 동반된 비가 억수같이 퍼붓는 야심한 시각이란 점이 공포에 부채질을 하고 있으니 마음은 공황 상태로 치달았다.

　수차에 걸쳐 '믿고 맡기라' 혹은 '염려하지 말라'는 말을 들었지만 생사의 갈림길 앞에서니 아무런 생각도 들지 않았다.

　스윽.

　담용이 유리창으로 다가가 비켜섰을 때, '그그극' 하는 미세한 소음이 들렸다. 유리칼로 유리창을 떼어 내는 소리였다.

그때 또다시 번개가 치더니 천둥이 들이닥쳤다.

번쩍-!

쿠르릉. 콰쾅-!

버티컬 블라인드로 가려진 유리창으로 그림자 두 개가 실루엣처럼 어른거리는 것이 보였다.

담용은 차크라를 끌어 올렸다. 펌핑된 차크라가 신체의 각 부위에 활성화될 즈음 '덜꺽' 하고 마침내 유리창이 떼어졌다.

파라라락!

떼어진 유리창을 통해 불어닥친 바람에 버티컬 블라인드가 허공으로 치솟았다.

때를 맞춰 그림자처럼 실내로 스며드는 복면 인영 하나, 연이어 또 하나의 복면 인영이 허리를 접으며 들어서려고 할 때다.

숨죽이며 기다리고 있던 담용의 수도가 들어서느라 엉거주춤한 인영의 목덜미를 번개같이 내리쳤다.

퍼억!

별안간의 공격에 무방비인 복면 인영의 입에서 '컥!' 하는 억눌린 신음이 터져 나올 때, 오른발을 축으로 고정시킨 담용의 왼발이 이미 들어선 복면 인영을 향해 옆차기를 내질러 버렸다.

쉬익!

찰나간의 기습.

팡!

타격 목표를 잃은 왼발 끝에서 압축된 공기기 터지는 소음이 일었다.

인영이 어느새 훌쩍 뛰어 앞구르기로 피한 것이다.

'어?'

묵직하고도 둔탁한 감각이 없는 것에 담용의 신형이 빠르게 돌았다.

그의 뒤로 한 방에 축 늘어진 인영 하나가 늘어진 버티컬 블라인드에 휘감겨 있었다.

후우웅. 파락. 파라락.

바람에 비가 들이치면서 버티컬 블라인드가 요란한 소리를 낼 때, 담용의 기감으로 날카로운 예기가 잡혔다.

'엉?'

본능적으로 위기를 느낀 담용이 오른손을 휘저었다.

턱!

손에 잡힌 것은 날카로운 표창이었다. 그것도 별 표창, 일명 닌자 표창이라는 암기였다.

'뭐야, 이거⋯⋯?'

차크라로 기운을 돋우지 않았다면 손가락이 죄다 잘렸을

만큼 날카로움이 느껴지는 표창이었다.

그러나 상대의 정체를 짐작해 볼 사이도 없이 복면 인영의 몸놀림이 번뜩한다 싶더니 이내 한쪽 벽을 박찬 뒤 내리꽂듯 덮쳐 왔다.

더불어 뾰족하면서도 지독한 살기가 동반됐다.

'칼!'

심장을 찌를 듯한 살기에 단박에 칼임을 알았다.

짤막한 협봉검.

별 표창보다 더한 예기를 뿜어내는 날카로움이 목을 꿰뚫어 오는 것에 미간을 찌푸린 담용의 신형이 좌우로 흔들 한다 싶더니 우측으로 한 발 내디뎠다.

작은 움직임이지만 적절했다.

쑤악!

비켜서자마자 담용의 오른발이 벼락같은 올려 차기로 응수했다.

협봉검이 지나고 복면 인영의 복부가 '덜컥' 하고 걸렸다. 그런데 타격했다고 볼 수 없을 정도로 깃털처럼 가벼운 느낌이었다.

'이런!'

텅─!

공격이 실패했다고 느끼는 순간, 유리창의 반탄력을 이용한 복면 인영이 재차 쇄도해 왔다.

이건 피하고 자시고 할 수 없는 너무도 쾌속한 공격이라 담용은 어쩔 수 없이 차크라의 기운을 두 손에 집중시키고는 갈고리처럼 만들었다. 이어서 한 걸음 내디딤과 동시에 쓸듯이 휘둘렀다.

슈슉! 후왁!

땅−!

두 손과 협봉검의 거센 만남은 난데없이 쇳소리가 되어 울려 나왔다.

꽈악!

협봉검이 갈고리 손아귀에 잡힌다 싶자 있는 힘껏 엎어치기로 패대기치려던 담용은 순간, 또다시 힘이 실려 있지 않다는 느낌에 흠칫하고는 재빨리 미끄러지듯 옆으로 빠졌다.

아니나 다를까, 담용이 섰던 자리로 '쿵!' 하고 복면 인영이 내려섰다.

'후아, 정말 재빠른 놈일세.'

하마터면 머리통이 깨질 뻔했다.

하나 그런 마음이 든 것도 잠시 담용은 그제야 상대의 정체를 알 수 있었다.

'닌자.'

담용은 지금까지도 종내 뇌리를 떠나지 않던 기억을 떠올렸다. 바로 일식집 후쿠오카하나에서 흑수파에 쫓기던 야쿠자 하나가 5층 건물을 다람쥐처럼 타고 올라 사라지는 모습이었다.

그놈이나 이놈들이나 야쿠자가 아닌 닌자였던 것이다.

방금의 몸놀림, 즉 은밀한 몸놀림에 이은 강력한 공격 그리고 단호한 손 속만 봐도 야쿠자들로서는 어림 반 푼어치도 없는 동작이지 않은가.

어쨌든 잠깐의 드잡이가 있은 후의 소강상태다.

어느새 심유해진 담용의 눈에 들어온 복면 인영.

키가 조금 작은 듯했지만 이를 보충하고도 남는 단단함이 차돌을 연상케 하는 사내였다.

'닌자라니.'

담용은 이 시대에도 닌자가 아직 존재하고 있다는 자체가 의문스러웠다.

닌자란 정탐과 암살 같은 특수한 기술을 가진 자들을 일컫는 말이었다.

고도로 수련된 자들이 아니면 결코 닌자가 될 수 없다는 것은 상식이었다.

그런 닌자의 눈빛이 흔들리고 있었다.

'훗! 조금 당황스럽겠지.'

복면 인영의 떼꾼해진 눈동자는 현실을 부정하려는 빛이 역력했다.

아마도 기괴한 포즈로 쓰러져 꿈쩍도 하지 않는 동료를 본 충격일 것이다.

잠시지만 불신의 눈빛이 더 짙어진 느낌이었다.

이는 협봉검을 적수공권으로 부딪쳐 온 것에 대한 정신적 충격임을 알 수 있었다.

담용과 대치하고 있는 복면 인영은 조장인 아라키였다. 즉, 지금 생사의 갈림길에서 헤매고 있을지 모르는 복면 인영이 나루세인 것이다.

그렇게 잠시 말없는 정적이 실내를 감돌 때, 빗물에 질척거리는 발소리가 들려왔다.

담용은 이들이 정광수와 그 팀원들임을 알아챘다.

반면 아라키는 닌자 특유의 특화된 시력으로 자신을 막고 있는 사내의 원군이 온 것임 알고는 눈빛이 급격하게 흔들렸다.

이어 팀원들이 쓰러진 복면 인영을 일으켜 수갑을 채우고 로프로 전신을 결박하는 것을 보고는 분노가 치밀었는지 신형을 띄우며 길게 호성을 내질렀다.

"으아아아아─!"

암살을 전문으로 하는 닌자가 호성을 지르다니!

혀를 잘라 낸 침묵보다 더 지독한 수련을 감내했을 닌자가 취할 행동은 아니었지만 그만큼 다급해졌다는 뜻이다.

슉! 슈슉!

'엇! 대단하군.'

어느 결에 날렸는지 두 개의 별 표창이 소리 없이 담용의 이마로 쇄도해 왔다.

하지만 피해 버리면 그뿐이다.

별 표창보다 더 빠른 담용이라 무시하고는 그 역시 허공으로 신형을 띄움과 동시에 탈출하려는 아라키의 몸통에 정권을 내질렀다.

뻐억!

감촉이 왔다.

탈출할 생각뿐이었던 아라키는 표창을 던진 것 외에는 무방비 상태였다.

고스란히 드러난 몸통 측면을 가격했으니 겨드랑이, 즉 갈비뼈 부분이 함몰됐을 가능성이 컸다.

"끄윽!"

극한의 훈련으로 단련된 신체여서인지 비명을 터뜨리는 대신 억눌린 신음을 내뱉은 아라키가 벽에 처박혔다.

강력하긴 했지만 주먹질 한 방에 사람이 벽에 처박히는 일은 거의 없다. 그러나 차크라의 나디가 덧씌워진 주먹에 가격됐다면 그 위력이 남다를 수밖에 없다.

고로 겉은 멀쩡할지 몰라도 속은 결코 적지 않은 타격을 입었을 것임이 틀림없었다.

두 명의 닌자가 맥없이 쓰러진 것은 담용이 그만큼 강하다는 반증이었다.

더구나 암살이 주특기인 닌자들이다.

암살이 무산됐을 때 벌어질 수밖에 없는 격투는 그리 뛰어나지 않다는 점도 한몫했다.

소리 없이 왔다가 소리 없이 사라지지 않는 바에야 닌자의 생명은 끝난 것이라고 보면 맞다.

"후우욱!"

아직까지는 원숙한 경지에 이르지 못한 탓에 주먹에 나디를 덧씌우는 일이 결코 쉽지 않았던 담용이 심호흡으로 폐부에 탁해진 공기를 내뱉고는 벽에 부착된 스위치를 올렸다.

팍!

LED 등이 실내를 대낮처럼 밝혔다.

"닌자들입니다. 입에다 재갈을 먼저 물리고 결박하십시오."

입안에 독단을 물고 있을지도 몰라서였다. 정말 닌자라면 그 정도는 기본일 것이다.

"옛!"

구동진과 감창식이 잽싸게 아라키에게 다가갔다.

"최 요원, 그놈도 마찬가지요."

"아 참, 그렇지."

최갑식이 얼른 손수건을 꺼내 나루세의 입에다 욱여넣었다.

들고 있던 권총을 겨드랑이에 수납한 정광수가 다가왔다.

"담당관님, 수고하셨습니다."

"생각보다는 어렵지 않았습니다."

"근데 정말 닌자들입니까?"

"그런 것 같네요. 굳이 복장을 예로 들지 않더라도 무기가 주로 닌자들이 사용하는 것들입니다. 닌자 특유의 재빠른 몸놀림을 봐도 그렇고요."

"헐! 야쿠자에 이어 닌자들까지 와서 설치다니, 이거야 원……."

대한민국이 그만큼 만만하다는 얘기다.

"아무래도 LD호텔에 머물던 놈들이 야쿠자가 아니라 닌자들인 것 같습니다."

"하면 일본 영사관이 닌자들을 엄호하고 있다는 얘기군요. 도해합명회사도 닌자와 관련되어 있다고 봐야 하고요."

"그건 저자들을 심문해 보면 알 수 있을 겁니다."

실토를 할지 의문이지만 고강도 심문이 필요할 것이다.

닌자와 야쿠자는 전혀 다른 조직이다.

깡패와 암살 집단.

태생적으로도 매치가 안 되는 별개의 집단이다.

물론 의뢰를 받아 움직일 수는 있겠지만 담용이 아는 닌자의 자존심은 야쿠자들이 감히 넘볼 수 있는 영역이 아니었다.

더구나 도해합명회사는 대한민국에서 허가받은 금융회사의 설립 기반을 마련하는 것이 목표였으니, 그 목적이 뚜렷

했다. 고로 쉽게 단언할 수 있는 일이 아니다.

다만 어떤 식으로든 연관이 있음을 배제할 수는 없다.

'두고 보면 알겠지.'

"이제 나오셔도 됩니다."

담용이 구석에서 얼굴만 내밀고 있는 이상민에게 손짓을 했다.

"끄, 끝난 겁니까?"

"오늘은요."

"에? 그, 그 말은 이놈들이 또 온단 뜻입니까?"

"글쎄요. 오지 않는다고 장담을 못 하겠군요."

담용의 말에 잠시나마 생기가 돌던 이상민의 얼굴이 다시 시꺼멓게 변했다.

"혹시 우리가 안전하다고 판단할 때까지 머물 수 있는 곳이 있습니까?"

"보, 본가가 있긴 합니다만……."

"거기가 어딥니까?"

"평창동요."

절레절레.

"거긴 곤란합니다."

본가라면 놈들의 조사 대상 중 하나여서 불안한 피신처였다.

"다른 곳은?"

"동생과 누이집이……."

역시나 곤란한 곳.

"또요?"

"없습니다. 모텔이나 호텔밖에는……."

"애인은 있습니까?"

"있긴 한데, 아직은 동거할 정도로 깊은 사이가 아니라서……."

"어떤 상황이든 목숨보다 중하진 않을 겁니다."

"……!"

"빨리 결정하시죠."

"그, 그렇게 하죠. 대신 그녀에게 한마디만 해 주십시오."

"어려울 것 없죠. 시간은 그 오래 걸리지 않을 테니 잠시만 피신해 있으면 될 겁니다."

"후우, 이게 웬 날벼락인지……. 아무튼 알겠습니다. 근데 유리창은 고쳐 놓고 가야 하지 않겠습니까?"

"그 문제는 우리가 맡을 테니 지금 당장 귀중품이나 꼭 필요한 물건만 챙겨서 떠나십시오. 또 무슨 일이 벌어질지 몰라서 그래요."

이게 끝이 아닐 수도 있다는 얘기.

"아, 알겠습니다."

"아! 이 사건에 대해서는 입을 다무는 게 좋겠습니다. 떠들어 봐야 좋을 게 하나도 없으니까 말입니다. 이를테면 또

다시 타깃이 될 수도 있다는 말입니다."

담용은 확신하듯 겁부터 줬다.

'헉! 타, 타깃!'

위기를 넘기고 한시름 놓던 이상민이 대번에 질린 표정을 자아냈다.

"저, 절대로 입 밖에 내는 일은 없을 겁니다."

"당연히 그러셔야 할 겁니다. 이제 가 보시지요."

"예, 그럼……."

살짝 고개를 숙여 보인 이상민이 그때부터 쫓기듯 부지런히 움직이기 시작했다.

"담당관님, 구동기 치안감의 동선을 알아냈습니다."

"어, 그래요?"

"예, 이따가 문자로 보내드리겠습니다."

"그래 주십시오."

"근데 하루 반나절 조사한 것으로는 딱히 틀에 짜인 동선이라고 하기는 어려운데 괜찮겠습니까?"

"글쎄요. 일단 추적을 해 봐야지요. 혹시 제가 특별히 참고해야 할 게 있습니까?"

"특별한 건 없습니다. 다만 이따가 메시지를 보시면 아시겠지만, 어젯밤에 여정이라는 요정料亭엘 갔었다는 걸 빼고는요."

"요정요?"

"예."

"푸헐, 공무원들 출입이 금지된 지가 언젠데 아직도 요정엘 간다고요?"

"그거야 사복을 하면 공무원인지 뭔지 구분하기 어렵지요."

"누굴 만났는지 압니까?"

"그건 모릅니다."

"여정이란 곳이 어디에 있지요?"

"장충단공원 근처랍니다."

"종로가 아니고요?"

"하하핫, 종로는 옛말이 된 지 오래지요. 지금은 조금 한갓진 곳에서 흉내를 낼 뿐 진정한 요정이라고 보기는 어렵습니다."

"후훗, 하긴 기생이란 용어 자체가 없어졌으니……."

"요즘에는 기생보다는 변질된 여자들만 득시글거리지요."

"요정 자체가 결코 권장할 문화는 아니지요. 요정이라면 정례적으로 들르는 곳은 아닐 겁니다."

"그렇긴 합니다만 달랑 하루 반나절 동선으로는 감을 잡기 어려운 점이 있어서요."

"하긴……."

우우웅. 우웅.

"아, 잠시만요."

휴대폰에서 진동이 울리자 얼른 받아 드는 정광수다.

"정상숩니다."

─A11입니다.

"어, 이 시간에 웬일인가?"

─급보가 있어서요.

"급보? 뭔데?"

─일요일에 중추회가 조찬회 모임을 가진다고 합니다.

"뭐! 몇 시에?"

─9시랍니다. 장소는 우이동계곡에 있는 정궁한정식이고요.

"화, 확실해?"

─그러지 않아도 미비한 것 같아서 쥐새끼를 계속 감시해 왔었습니다. 쥐새끼가 시청 앞에 있는 프라자호텔 커피숍에서 누군가와 만나는 걸 보고 제 AP가 옆자리에 앉아서 나누는 얘기를 듣던 중에 나온 말이라 틀림없을 겁니다.

"그렇다면 확실하겠군. 수고했어."

─별말씀을요. 이번 건은 이것으로 좀 하려는데, 괜찮지요?

"그래, 너무 늦었어. 그 정도면 됐다."

─하핫, 큰 건이었으면 좋겠습니다.

틱!

정광수가 휴대폰의 플립을 올리는 것을 본 담용이 물었다.

"혹시 구 치안감에 관한 보곱니까?"

"예, 어쩌면 더 잘됐는지 모르겠습니다."

"예?"

"구 치안감이 일요일 아침 조찬회에 참석한다고 합니다."

"조찬회요? 말씀하시는 태가 경찰청에서 조찬회를 갖는 게 아닌 것 같군요."

"그렇습니다. 장소가 우이동계곡의 정궁이라는 한정식 집이랍니다."

"그렇다면 조찬회가 아니로군요."

"뭐, 남의 눈을 의식한 명목상 조찬 회동이겠지요."

조찬회란 아침 식사를 곁들인 간단한 연회 형태를 취하면서 회의를 하는 것을 말한다.

대개는 평일에 이루어지며 회의실 혹은 인근 식당을 빌려서 하는 것이 관례다.

고로 조찬회를 일요일에 행락지인 우이동계곡까지 가서 할 일이 흔치는 않다.

"조찬 회동을 하는 목적이 뭡니까?"

"아는 사람은 다 아는 사실입니다만, 친일파들의 정기 모임이죠. 중추회라고……. 아십니까?"

"예? 중추회요?"

담용은 알 것도 같고 모를 것도 같은 낯익은 용어에 고개를 갸우뚱했다.

중추원이 뭔지는 안다. 고려 시대에 군사 기무와 왕명출납 그리고 숙위를 담당하던 중앙관부라는 것을.

여기서 뜬금없이 역사 얘기를 하자는 것은 아닐 테고.

그리고 또 한 가지, 가물가물하다가 문득 생각이 났다.

'아! 맞다. 조선총독부 중추원!'

그런 생각이 들자 담용의 안색이 시꺼멓게 죽어 버렸다.

'이런! 호로자식들을 봤나! 뭐, 중추원 모임!'

조선총독부 중추원을 뜻하는 모임이라면 낯짝이 뻔뻔해도 지나칠 정도로 뻔뻔하다.

나라를 팔아먹고도 모자라 백성들을 아비지옥으로 몰아넣은 후손들이 낯짝을 들기도 어려울 텐데 친목 도모라니!

그것도 행락지에서 말이다.

'이 무슨……. 나라 꼴이 정말 왜 이러냐?'

백성들의 등골에 빨대를 꽂고 평생 호의호식한 원흉들 덕택에 그 후손들마저 대를 이어 떵떵거리며 큰소리치는 나라.

정말 토가 나올 지경이다.

우선 그게 맞는지 확인이 필요했다.

"혹시 일제강점기에 자문기관이었던 조선총독부의 중추원 후손들 모임입니까?"

"맞습니다. 조선총독부 시절 중추원의 요직을 거친 후손들의 모임이지요."

"하! 그걸 번연히 보고만 있는 겁니까?"

"후우, 자유당 시절부터 고착된 기득권 세력이니 어쩌겠습니까?"

그만큼 오래 묵은 세력으로 돈과 권력을 기반 삼아 도처에다 사회적 위치를 탄탄하게 굳히고 있다는 뜻이다.

'이것들을 그냥……'

강인한 같은 독립 유공자 집안의 빈한한 살림을 떠올리니 분기가 있는 대로 치솟았다.

"몇 명이 모인답니까?"

"거기까지는 확인이 안 됐습니다."

"모임의 면면들은요?"

"다는 모릅니다만 핵심 멤버인 이치호 회장과 부회장 조성찬 그리고 총무를 맡고 있는 이규찬은 반드시 참석할 겁니다. 조선총독부시절 중추원의 고문을 맡았던 후손들이라 골수 중에 골수라고 할 수 있으니까요."

"빌어먹을……"

"이들이 박성원이나 구동기 치안감 같은 친일파들의 배경입니다."

"박성원 의원도 참석합니까?"

"뒤를 밀어주고 있는 인물들이니 참석할 겁니다."

"그들 외에 또 누가 있습니까?"

"저도 명단을 봐야 압니다. 뭐, 전원이 참석한 예는 별로 없습니다. 하지만 경찰 간부나 검사장 들을 제외하고도 각 부서의 장들이 더러 얼굴을 내비치곤 합니다. 아! 재벌 그룹에서도 관심을 보이고 있고요."

"재벌도요? 중추원과 관계가 없는데도 말입니까?"

"뭐, 얼굴도장을 찍어서 인맥을 형성하려는 것이죠. 아울러 찬조금 명목으로 돈을 내놓고 하고요. 그 금액이 장난이 아니라는 말도 어제오늘 얘기가 아닙니다."

'씨불……'

중추회에 정계, 관계, 재계가 총망라되어 있다는 소리에 절로 욕이 튀어나오는 것을 억지로 삼켰다.

담용은 기억 저편에서 중추회가 존재한다는 것조차 알지 못하고 지냈다.

그런데 국정원에 몸담고 보니, '자리가 사람을 만든다'는 말처럼 어느 정도 위치에 오르고 보니 귀에 들리고 눈에 보이는 것이 너무 많았다.

'내일이란 말이지.'

오늘이 토요일이니 하루 정도 생각할 여유가 있었다.

'일단 가 보고 결정하자.'

애초 구동기 치안감이 목적이었지만 어째 일이 커질 것 같은 기분이었다.

그러려면 국정원 요원들의 도움을 받을 수가 없다.

행여 이들을 아는 인물이나 끄나풀들이 있다면 향후 시끄러워질 수도 있음이다.

담용의 심중을 읽었는지 정광수가 우려 섞인 말투로 물었다.

"어쩌시려고요?"

"글쎄요, 생각 좀 해 보고요. 근데 만일 제가 그들을 손보게 되면 파장이 어떨 것 같습니까?"

"하핫, 아마 난리가 나겠지요. 특히……."

"예?"

"일본 측에서 관여를 하고 나설 겁니다."

"일본이요? 그 자식들이 뭔 이유로요?"

"일요일 조찬회에 일본 측 애들도 참석을 할 테니까요."

"헐-!"

"참석을 하지 않더라도 우리나라에 심어 놓은 핵심 인물들의 신변에 문제가 생기면 내정간섭까지는 아니더라도 관심이 지대할 겁니다. 친일파들이니 당연한 반응입니다."

'이거……. 반드시 처치해 버려야 할 놈들일세.'

느슨해지려던 마음이 조금 더 단단하게 굳어지는 담용이다.

"사진을 구해 줄 수 있겠습니까?"

"전부 말입니까?"

"아뇨, 핵심 간부들 말입니다. 아, 구동기 치안감과 박성원 의원도요."

구동기 치안감과 박성원 의원은 인터넷에서 확인해도 되

겠지만, 아직까지 포털이 활성화되지 않아서 올라와 있지 않을지도 몰라서 부탁을 했다.

"가능합니다."

"그럼 오늘 오전까지 전해 주십시오."

"알겠습니다."

"그리고 이거……. 보고를 하고 움직여도 상관없겠습니까?"

"그건 제가 판단할 일이 아닌 것 같습니다."

"만약 그런 일이 발생한다면 대통령께서는 어떤 조치를 취할 것 같습니까?"

"글쎄요."

정광수는 선뜻 대답하기 어려웠다.

작금의 대통령 성향에 대해 결코 호의적일 수 없는 국정원 요원이다 보니 말을 하기가 여간 조심스럽지 않아서다.

다른 건 다 제쳐 두고라도 헌정 사상 최초로 국정원 도청 및 경력 20년의 대공 요원 581명을 일시에 해고한 사실이 있기 때문이었다.

게다가 그 빈자리를 고작 학원 교육 수습 3개월짜리 아르바이트 요원들로 채워 넣다 보니 국정원은 완전히 맛이 가 버렸다.

그로 인해 대공이니 반공이니 하는 단어 자체가 없어질 정도였으니, 직속 친위대라고는 하나 호의적이지 않았던 것이다.

고로 국정원에서 잔뼈가 굳은 정광수로서는 결코 좋아할 수만은 없었다.

담용 역시 보고를 해야 하나 말아야 하나 갈등할 수밖에 없는 이유가 있었다.

기실 기억 저편의 평가로는 현 대통령이 일본과 밀접한 관계가 있었다.

이는 나라를 잘 이끌고 못 이끌고의 차원이 아닌 개인의 성향 문제였다.

현 대통령이 일본을 방문하기 전에 일왕을 천황으로 높여 부르자며 반대에도 불구하고 밀어붙인 것과 '이제는 피해자인 한국이 가해자를 용서할 때가 됐다.'라는 말을 한 것, 그리고 '나의 임기 중에는 과거사나 위안부 문제를 거론하지 않겠다.'라고 한 말 등으로 보아 친일파의 처단을 어떻게 생각할지 예상할 수 없었다.

국정원은 대통령 직속 친위대다. 즉, 대통령의 의사에 반해 그 어떤 행위도 할 수 없다는 족쇄가 채워져 있는 것이다.

'후우, 비밀로 해야겠군.'

그 수밖에는 없다. 이래서 그 어디에도 구속되지 않은 자유로운 영혼이고 싶었던 것이다.

"비밀로 합시다."

"좋습니다. 저와 요원들만 알고 있는 걸로 하지요."

"에이전트의 입도 막아야 할 겁니다."

"그건 염려하지 않으셔도 됩니다만 다시 한 번 주지시키겠습니다."

"AP들은 돈으로 해결하지요. 제가 부담하겠습니다."

"저희가 해결할 수 있습니다."

"입막음용이라면 좀 질러야 하지 않겠습니까? 그러니 제게 맡기세요."

"뭐, 그러시다면 좋습니다. 근데 의심을 피하려면 담당관님의 알리바이가 필요할 겁니다."

증거를 남기지 않은 사건을 수사하다 보면 종국에는 담용에게까지 영향이 미칠 수 있기에 하는 소리다.

"아무래도 그래야겠지요."

"묘안이 있습니까?"

"가족 여행……. 아, 이건 안 되겠군요."

얼른 도리질을 치는 것을 본 정광수가 말했다.

"야쿠자와 흑사회의 잔당들을 추적하고 있었던 걸로 하지요."

"그래도 되겠습니까?"

"우리야 지금 담당관님의 직속이니 비밀이 새어 나갈 염려가 없지요. 그리고 실제로 벌어진 사건이기도 하니 거짓 보고를 하는 것도 아니지 않습니까?"

"흠, 제가 빨리 처리하고 합류해서 회사로 들어가면 의심하지 않을까요?"

"하핫, 우리가 아니라는데 뭐라고 하겠습니까? 증거가 없는데 말입니다."

"그렇다면 지금 당장 이곳 상황을 보고하십시오."

"제가요?"

"예, 저는 나머지 잔당을 추적 중이라 대신 보고한다고 하세요."

"아, 그러면 되겠군요."

"천생 이번 주말은 고생을 좀 하셔야겠습니다."

"어쩔 수 없지요."

"대신 24일 일요일과 25일 월요일 양일간은 휴가를 줄 테니, 푹 쉬도록 하세요."

"어? 그날 무슨 일이 있습니까?"

"월요일에 중요한 경매가 있는 날입니다."

"아, 예……."

담용의 본업을 아는 정광수가 고개를 끄덕였다.

"팀장님, 이상민 씨를 데려다줘야 하지 않겠습니까?"

'하긴 이게 끝이 아닐지도 모르니…….'

사람을 구했으면 끝까지 책임지라고 했다.

"김 요원이 모셔다 드리고 와. 조심하고."

"옛!"

"담당관님께서도 잠시 눈을 붙여야 하지 않겠습니까?"

"그래야 되는데……. 그 전에 우이동계곡에 있는 정궁한 정식을 답사해 놓는 게 더 중요합니다."

"이 날씨에 거길 가겠다는 겁니까?"

"후훗, 이런 날씨가 살피기에 더 좋지요."

"그래도 감시 카메라는 조심해야 할 겁니다."

"그래야죠."

"뭐, CCTV가 흔한 편은 아니라지만 주요 도로에는 빠짐없이 설치되어 있으니 신경을 써야 할 겁니다. 더구나 놈들이 친일파라고는 하지만 그들 나름대로 막강한 권력에 머니 파워까지 지니고 있으니, 사고가 생길 경우 강도 높은 수사가 이루어질 게 틀림없을 거거든요. 그래서 차량을 바꿔서 갔으면 합니다."

"흠, 알겠습니다."

담용의 뇌리로 자동차 정비 센터를 하는 장지만이 떠올랐다.

조심해서 나쁠 것은 없었기에, 담용은 새벽임에도 불구하고 그 즉시 전화를 했다.

단잠이 들었는지 신호가 한참이나 울리다가 졸린 음성이 들려왔다.

─여보……세요?

"장 사장님, 잠을 깨워서 죄송합니다."

─어? 유, 육 사장님?

"예, 접니다."

―어이쿠, 어, 어쩐 일이십니까? 가만! 시간이……?

"지금 새벽 2시 반입니다."

―이 시간에 연락하신 걸 보면 급한 일이 생긴 것 같습니다.

"예, 좀 도와주십사 하고 전화를 드렸습니다."

―지, 지금 바로 나가면 됩니까?

"그래 주십시오. 대신 차대 번호가 없거나 추적해도 소유자를 확인할 수 없는 차량이 필요합니다."

―무슨 말인지 알겠습니다. 그건 염려 마시고 어디로 가면 되는지 말씀해 주십시오.

"목적지는 우이동계곡입니다."

―무적 차량을 원하시는 걸 보니 비밀을 요하는 일인 모양인데, 이렇게 하시죠. 청량리역 광장에서 만나는 걸로요.

"좋습니다. 비옷을 준비해 오십시오."

―알겠습니다.

통화를 끝낸 담용이 정광수에게 물었다.

"혹시 여분의 우의가 있습니까?"

"그럼요. 언제 잠복할 일이 생길지 몰라 판초우의는 늘 싣고 다니는 필수품인걸요."

"하핫, 딱히 드러날 만한 특징 같은 건 없지요?"

"없습니다. 단지 싸구려 제품은 아니라는 거죠."

"버려도 되지요?"
"하하핫, 더 좋은 걸로 사 주십시오."
"하하하핫."

바인더북

완전범죄를 향해

싸아아−!

번쩍!

쿠르릉. 콰쾅−!

억수 같은 비는 여전했고 번개와 천둥 역시 그칠 생각을 하지 않는 캄캄한 새벽이다.

츄아아악−!

도로에 넘쳐 나는 빗물을 헤치며 검은 밴 한 대가 차량과 인적이 끊어진 도로를 과하다 싶은 속도로 질주하고 있었다.

밴 안에는 청량리역에서 만난 담용과 장지만이 타고 있었다.

"여기가 수유리입니다."

예전에 택시 기사를 해서인지 장지만이 지나치는 곳마다 위치를 알려 주었다.

"얼마나 더 가야 합니까?"

"거의 다 왔습니다. 이대로 정궁까지 몰고 들어갈까요?"

"글쎄요. 사람이 기거를 한다면 곤란하지 않을까 싶은데……."

아무리 무적 차량이라지만 목격자가 있는 것과 없는 것은 큰 차이가 있었다.

"사람이 기거한다면 잘못 진입한 것처럼 하면서 차를 돌려서 나오면 되지요."

"아니요. 그럴 필요 없습니다. 괜히 시간 낭비할 것 없이 저 혼자 가지요."

"그럼 어디서 멈출까요?"

"진입로요. 장 사장님은 거기서 기다리십시오."

"알겠습니다."

담용이 결정하면 장지만은 두말없이 그대로 따랐다.

그렇게 30여 분가량 달리자 우이동계곡 입구가 나왔다.

끼이익.

밴이 멈춰서자 담용이 작고 심플한 색을 앞으로 짊어지고는 매듭을 단단히 했다.

이어서 벙거지 모자를 쓰고 판초우의를 걸치고는 차 문을 열었다.

덜컥.

쏴아아아-!

빗줄기가 더 굵어진 느낌이었지만 밴에서 내려서자마자 곧장 앞으로 내달렸다.

한참을 달리던 담용은 '정궁한정식'이란 안내 푯말이 나타나자 곧장 좌측으로 방향을 바꿔서 달렸다.

비는 여전히 억수같이 퍼붓고 있었다.

대략 5분 정도 내달렸을까, 보안등이 켜진 정문이 보였다.

순간, 내달리던 담용이 그 즉시 진입로 숲으로 몸을 숨겼다.

차크라를 눈에 집중시킨 담용은 안력을 돋워 정문을 세밀히 살폈다.

'없나?'

고개를 갸우뚱한 담용이 안력을 더했다. 그러자 보안등 바로 위의 어둑한 부분에 설치된 감시 카메라가 눈에 들어왔다.

곧장 사이킥 파워를 발현시킨 담용이 아이템즈 컨트롤을 시도했다. 물건을 이동시키거나 움직이게 하는 스킬이 아이템즈 콘트롤이었다.

'살짝 위로.'

많이 움직일 필요도 없이 각도만 조절하면 되는 일이라 별로 어렵지 않았다.

'더 없겠지?'

확신한 담용이 다시 움직였다.

척!

대문이 없는 정문의 기둥에 몸을 밀착한 담용이 머리를 삐죽 내밀고는 안을 살폈다.

'이크!'

정문 안에만 신경을 썼던 담용이 내심 뜨끔하면서 재빨리 몸을 숨겼다.

'쯧, 경비가 있다는 걸 전혀 생각 못 했네.'

하긴 이 정도 규모의 식당이라면 기업이나 마찬가지니 경비를 두고 있을 것임을 짐작하지 못한 그의 탓이다.

'정 팀장도 참……'

정광수가 알려 주는 걸 깜빡한 것 같았다.

'조는 것 같은데……'

슬쩍 디밀어 보니 머리가 희끗한 경비원이 의자에 기댄 채 끄덕끄덕 졸고 있었다.

쉽게 깰 것 같지 않은 모습에 안심한 담용의 시선이 안으로 향했다.

정원을 겸한 주차장이라서 그런지 뜰은 상당히 넓었다.

한식집에 어울리는 등이 난간을 따라 설치되어 있었고, 거기서 발한 희미한 빛이 정원을 밝히고 있었다.

그 외에는 빗소리만 요란할 뿐 불빛 한 점 없이 괴괴한 정적에 휩싸여 있었다.

담용은 다시 한 번 정광수의 말을 떠올렸다.

–궁궐을 본뜬 기와집인데 안으로 들어서면 정면에 보이는 본관 3층이 그들이 매년 모이는 회합 장소입니다. 3층 전체를 빌렸으니 다른 사람들은 신경 쓸 필요가 없지요. 조심하실 것은 감시 카메라입니다.

'완전 궁궐이군.'

정광수의 말대로 정면에 보이는 본관만큼은 그랬다.

정궁이란 이름처럼 궁궐을 흉내 낸 본관은 나름대로 모양새를 갖추느라 애를 쓴 흔적이 곳곳에 드러나 있었다.

'지붕이 꽤 높은걸.'

기와를 얹은 지붕은 내림마루가 높은 편이었다. 당연히 용마루 역시 높을 수밖에 없다.

그렇다면 실내에 천장이 설치되어 있다는 애기가 된다. 이유는 겨울철 보온에 열 손실이 많기 때문이다.

'천장이 높다면 일이 의외로 쉬울 수도 있겠어.'

안력을 한껏 돋운 담용은 기둥, 처마 할 것 없이 예리한 시선으로 중복해서 오가며 훑었다.

결과과 CCTV가 모두 네 군데로 나뉘어 설치되어 있음을 알았다.

1층 출입문 쪽의 CCTV 한 개와 3층 양쪽 처마 밑에서 정원을 감시하는 CCTV가 두 개 그리고 담용에게서 가까운 곳으로 본관 전체를 감시하는 CCTV가 한 개다.

재차 살폈지만 더 이상은 없는 것 같았다.

담용은 그 즉시 아이템즈 콘트롤을 시도해 누가 봐도 의심하지 않을 만큼의 각도만 살짝 비틀어 놓고는 미리 진입 경로를 정해 둔 코스로 빠르게 가로질러 본관 뒤쪽으로 내달았다.

번-쩍-!

콰르르릉-!

자갈 바닥이었지만 천둥과 번개 그리고 담용의 은밀한 움직임으로 인해 철벅거리는 소음조차 나지 않았다.

처척.

건물 모퉁이를 돌기 직전에 담용이 아차 싶었던지 벽에 붙었다.

'실수할 뻔했네.'

뒤뜰에도 감시 카메라가 있을 것임을 미리 생각지 못한 담용이 가슴을 쓸어내렸다.

무용지물로 만들 수는 있지만 고개를 내밀자마자 노출될 것이 저어됐다.

'지붕.'

고개를 들어 위쪽을 쳐다본 담용은 보자마자 쉽지 않을 것임을 알았다.

처마가 너무 길어 기둥을 타고 오른다고 해도 2층으로 오르기가 난해했던 것이다.

'몸을 가볍게 하는 수련이 가능할지 모르겠군.'

미지의 기운이 차크라임을 알았지만 그 묘용에 대해서는 아직 완전히 파악하지 못한 담용이라 끊임없는 수련으로 개척해 나가야 했다.

'준비해 오길 잘했군.'

가슴에 맨 색에서 로프를 꺼냈다. 정광수 팀장의 도움을 받아 구한 것으로, 로프 끝에는 갈고리가 매달려 있었다.

침투에 있어 꼭 필요한 기본 장비다.

특전사의 침투 훈련에서 신물이 나도록 다뤘던 도구라 손에 쥐는 것만으로도 너무도 익숙한 느낌이었다.

거리를 조금 더 벌리면서 경비실을 힐끗 봤지만 여전히 졸고 있는 경비원이다.

붕붕붕.

원을 크게 그리며 몇 차례 돌린 후, 손을 놓았다. 목표 지점은 3층 용마루 끝에 툭 불거져 나온 망와였다.

차르르르.

철컥.

손에 익은 장비였던 만큼 단번에 투구같이 생긴 치미에 걸렸다.

팽팽팽.

망와가 자신의 몸무게를 견딜 수 있을지 로프를 힘껏 당겨 본 담용이 왼손에 힘을 준 채 오른손을 쭉 뻗으며 점프를 했다.

'괜찮은 것 같군.'

로프가 1층과 2층 처마에 닿은 상태였지만 의외로 치미에 단단하게 고정되어 있었다.

'웃차.'

점프와 동시에 두 손을 교차해 가며 순전히 팔의 힘만으로 쭉쭉 타고 올랐다.

1층과 2층 처마를 가볍게 오른 담용은 마침내 3층 처마를 오르는 즉시 귀마루를 거슬러 올라 치미에 걸린 갈고리를 거둬들였다. 이어 단번에 용마루에 올라섰다.

비록 3층이었지만 층고가 높아서인지 4층 이상의 높이로 느껴졌다.

'분위기 한번 섬뜩하구나.'

식당 주변은 그칠 줄 모르는 비로 인해 분위기가 꼭 뭔가 툭 튀어나올 것같이 으스스했다.

빗물에 미끄러질 것에 대비해 용마루에 갈고리를 건 담용이 로프를 잡고 뒤뜰로 행했다.

처마 끄트머리에 바짝 엎드린 담용이 머리를 내밀어 살펴보니 역시나 줄줄이 삐죽 튀어나온 덕트 시설들이 있었다.

'좋았어.'

통풍을 위한 환기창이 큼지막해서 다행이다 싶었다. 그것도 세 개나 됐다.

담용은 망설일 것 없다는 듯 로프를 늘어뜨려 래펠을 하듯 가운데에 위치한 환기창으로 향했다.

이어 준비해 온 전동 드라이버를 꺼내 환기창의 나사못을 하나씩 풀었다.

비바람이 치는 어둠 속에서 행하는 일이라 쉽지는 않았지만 담용의 안력 덕분에 여덟 개나 되는 나사못을 금세 뽑아냈다.

담용은 몸 하나 겨우 들어갈 만한 환기창을 어렵지 않게 통과했다.

당연히 컴컴한 천장이었지만 안력 덕분에 전혀 지장을 받지 않는 담용이다.

손전등을 들지 않아도 된다는 것은 그만큼 몸이 자유로워진다는 의미였다.

가장 먼저 눈에 띈 것은 둥근 원판을 이어 놓은 천장 마감재였다.

'호오, SMC 마감재로군.'

부동산업을 하다 보니 건축자재에 대해서도 해박한 담용은 천장 마감재를 단박에 알아봤다.

천장에는 킬립 바에 고정시켜 놓은 행거 볼트들이 빼곡했다.

대들보와 보를 통해 환기구로 간 담용이 빈 공간을 통해 실내를 살펴보았다.

'엄청 넓구나.'

전부 좌식 문화답게 양반 다리를 하고 앉아야 하는 구조였다.

식탁마다 불판 위에 테이블 후드가 늘어뜨려져 있었고, 모두 천장에 설치된 커다란 덕트로 연결되어 있었다.

스윽.

몸을 일으킨 담용이 부지런히 움직이며 환기구를 일일이 살폈다.

그런데 뭘 어째야 할지 묘안이 떠오르지 않았다.

'어쩐다?'

환기구를 뜯어내면 단박에 발각될 수 있기에 실행하기가 곤란했다.

그렇다고 SMC를 칼로 도려낼 수도 없다.

뭐, 아직 놈들을 해칠 도구도 준비하지 못하긴 했지만, 우선 공격 루트를 만들어야 했다.

근데 도무지 뾰족한 방법이 떠오르지 않았다.

'난감한걸.'

곤혹스러운 표정을 짓던 담용이 마감재를 하나 들어 올렸다.

곧바로 두 발을 보에 걸고 거꾸로 매달린 담용이 실내를 좀 더 자세히 살폈다.

'상석은 저쪽이 되겠군.'

벽에 해와 달을 포함한 십장생을 그려 놨으니 그쪽이 상석이 될 것이다.

환기구의 배치를 본 담용의 표정이 일그러졌다.

'젠장, 바로 아래라니.'

환기구의 구조상 나팔처럼 비스듬해서 바로 아래라면 뭘 시도하기에는 애초부터 글렀다.

가장 먼저 처치하고 싶은 작자가 바로 친일파 좌장 격인 놈들이라 특단의 대책을 세워야 했다.

'이건 연구를 좀 해 봐야겠구나.'

현장을 확인했으니 일단 자리를 뜨고 봐야 했다.

전날 새벽까지 잠도 못 자고 설친 담용은 차크라를 운기해 피로를 푼 뒤, 토요일 점심나절쯤 더운 날씨임에도 다소 버겁다 싶은 등산복 차림을 하고는 장지만과 함께 가까운 청계산을 오르고 있었다.

비 개인 다음 날의 하늘은 쾌청했고, 공기는 더없이 상쾌했다.

"사람들이 많네요."

"청계산은 강남에 거주하는 사람들이 만만하게 오르기 쉬운 곳이니까요. 더구나 이곳에 맛집이 몇 군데 있어서 식도락가들이 자주 찾는 편이기도 하고요."

"맛집요?"

"예, 오리구이집과 누룽지백숙을 하는 식당은 소문이 났더라고요. 뭐, 저도 가 보진 못하고 말만 들었지요. 택시기사를 하다 보면 이것저것 주워듣는 것이 많거든요, 하핫."

"하핫, 이따가 우리도 가 보죠, 뭐."

"육 사장님이 시간을 낼 수 있다면 저는 아무래도 상관없습니다, 하하핫."

"여긴 등산로라고 하기에는 좀 지나칠 정도로 사람들이 붐비네요."

뒤늦게 산을 오르는 사람들과 정상을 밟고 하산하는 사람들이 교차하면서 조금 복잡한 느낌이 드는 등산로라 비켜서기에 바빴다.

하기야 서초구와 경기도 과천시, 의왕시, 성남시 경계에 있는 산이고, 그리 높지 않고 완만해서 가벼운 복장으로도 산책 삼아 오를 수 있는 산이 청계산이니만치 사람들로 북적일 수밖에 없다.

기껏해야 해발 618미터였으니 어련할까.

그렇게 사람들을 헤치며 중턱쯤 오르던 장지만이 주변을 휘돌아보다가 수목이 제법 울창한 걸 보고는 걸음을 멈쳤다.

"여기쯤이면 썩은 나무둥치가 있을 법합니다."

"어? 그래요?"

"원래 그놈들이 썩은 나무의 공동에다 집을 짓는 걸 좋아하거든요."

"우린 이쪽으로 가 보죠."

"예."

두 사람은 사람의 발길이 닿지 않은 수풀과 덤불을 헤치며 비탈로 향했다.

장지만의 눈이 주변을 부지런히 훑자 담용도 따라서 주변을 살폈다.

동시에 차크라의 기운을 귀로 집중시켜 소리를 들으려고 애썼다.

'아무것도 안 들리는데?'

제법 깊숙이 들어왔음에도 찾고자 하는 것은 보이지 않았고, 귀에도 전혀 기척이 없다.

"여긴 없네요. 조금 더 들어가 보죠."

조금 더 깊숙이 들어가니 나무들은 간데없고 민둥산처럼 잡초만 덩그렇다.

등산로도 없는 깊숙한 지역은 수목이 울창해 햇빛도 침범하지 못했다.

"어? 여긴 왜 이렇죠?"

"산불이 났었던 곳입니다."

"아!"

자세히 살펴보니 드문드문 탄 구석이 엿보였다.

"나무줄기가 보이는 걸 보니 오래전의 일이네요."

세월이 꽤 흘렀음에도 후줄근한 식생들만 그득했다.

간간이 불에 타고 남은 고목에서 겨우 잎사귀를 틔우는 듯했다.

"산불이 난 지역은 땅속에 미생물이 없어 나무가 자라기 어려운 환경이 되죠."

그건 담용도 아는 상식이었다.

올봄에 강원도 산불을 미연에 방지한 사람이 본인이어서 산불의 폐해에 대해서는 조금 알고 있는 편이었다.

"적어도 10년은 지나야 비로소 미생물들이 생겨나 나무가 자라게 되지요."

끄덕끄덕.

담용이 말없이 고개만 끄덕이자, 장지만이 옆쪽으로 난 비탈을 타기 시작했다.

"다른 곳으로 가 보……. 응?"

"……?"

장지만이 발길을 돌리다 말고 멈칫했다.

"뭔 소리 안 들려요?"

"아, 잠시만요."

산불이 난 곳을 보느라 귀로 집중시켰던 차크라를 풀었던 터라 재차 기운을 끌어 올려 청각을 돋웠다.

우우웅. 우우우웅.

'벌이다!'

엄청난 벌의 날갯짓에 방향까지 잡았다.

'소나무!'

오래 묵은 고송이 한아름 남짓한 굵기에 높이도 솟아 있었다.

"저기 소나무 어디쯤에 달라붙어 있을 것 같은데요?"

담용이 비탈진 쪽을 가리켰다. 소리가 거기서 나고 있었다.

"우와! 껍질을 보니 엄청 오래된 소나무인 것 같네요."

"역시 산불을 피하지 못하고 썩어 버렸네요."

고송은 산불이 발생할 당시 아슬아슬하게 비켜 나간 자리에 있었지만 그쪽으로 굽어져 있었던 탓에 윗부분은 거의 타 버린 채였다.

그래도 아랫부분은 생명의 싹을 제법 무성하게 틔우고 있었다.

"어? 말벌입니다."

"우리가 제대로 찾았네요."

소나무 꼭대기로 말벌들이 원을 그리며 나는 것이 보였다.

"자, 소리에 민감한 놈들이니 조용히 방제복하고 방충모를 착용하시죠."

두 사람은 입고 있던 옷 위에 준비해 온 우주복 같은 방제복에다 방충망을 여러 겹 두른 모자까지 쓰고는 살금살금 소나무 쪽으로 나아갔다.

부우웅! 부우우우웅!

침입자가 있음을 알았는지 말벌들의 소음이 더 시끄러워졌다.

"제가 올라가죠."

"워낙 사나운 놈들이라 조심해야 할 겁니다."

"설마 방제복까지 뚫을 정도로 독침이 강하겠습니까?"

"그래도……. 제법 높은데 조심해서 오르십시오."

"걱정 말고 기다리십시오."

틱!

첫발을 올린 담용이 힘을 주더니 두 번째 발부터는 속도가 조금씩 빨라져 눈을 몇 번 깜빡이는 사이 꼭대기까지 올라갔다.

'헐!'

다람쥐같이 재빠른 움직임에 놀란 눈을 하던 장지만은 담용이 엄지와 검지로 동그라미를 그리자, 환하게 웃었다.

"커요?"

"엄청납니다."

"얼마나요?"

"그게…… 마치 애드벌룬 같아요."

"우와-! 빨리 캐요! 놈들이 공격하기 전에요!"

"오케이!"

담용은 그 즉시 허리를 접고는 소나무 속에 단단히 붙어 있는 말벌의 집에 방충망 자루를 먼저 덮어씌웠다. 말벌들이 달아나 버리면 아무 소용도 없는 헛짓거리이기 때문이었다.

'대단한 건축 공법이로세.'

뭐라고 표현할 수 없을 정도로 신기했다. 마치 공 같다. 어떻게 지었을까?

필요에 의해 채취하기는 하지만 자연 그대로 놔두고 싶은 마음이었다.

붕! 붕! 부우우웅! 붕! 붕! 부우우우웅-!

투툭! 투툭! 툭툭툭툭…….

'윽! 이놈들이!'

침입자임을 인식한 말벌들이 방충모와 방제복을 난타해 대는 소리가 요란했다.

그러거나 말거나 담용은 방충망 자루로 소나무 속을 꽉 채우고 있는 벌집을 어렵사리 감쌌다.

이어서 아교처럼 찰싹 달라붙어 있는 부위에다 칼을 대고는 손목에 힘을 줬다.

한 번, 두 번, 세 번……. 칼질을 연거푸 열너덧 번을 해대고는 마지막 힘을 가했다.

"웃차!"

뿌걱.

크기만큼 달라붙은 부위도 단단해서 나무 부러지는 소리가 났다.

'웃, 무겁네.'

묵직했지만 떼자마자 재빨리 입구를 봉해 끈으로 매듭을 짓고는 나무 위에 올려놓고 소리쳤다.

"심봤다!"

"하하핫. 위험합니다, 빨리 내려오세요."

"받으세요."

"어이쿠! 깨집니다, 가지고 내려오셔야 돼요."

"어, 그런가?"

"그럼요. 그게 단단하게 굳지 않아서 꽤 약하거든요."

장지만의 말에 담용이 말벌 집을 허리에 매달고는 뒤뚱거리며 내려왔다.

"와! 말벌 집치고는 상당히 큰 것 같습니다. 지름이……."

장지만이 크기를 어림잡아 보고는 말을 이었다.

"족히 40센티는 되겠는데요?"

"그만큼 속에 말벌이 많다는 뜻이겠지요?"

"당연하지요. 저도 이렇게 큰 건 처음 봅니다."

충북 괴산이 고향인 장지만은 벌에 대해 잘 알았다. 집안에서 양봉을 했기 때문이다.

그 자신 역시 고등학교 때부터 부친을 도와 양봉을 했었다고 하니 담용보다 훨씬 많이 알았다.

오늘 말벌 집을 찾아 나선 것도 장지만이 아이디어를 냈기 때문이다.

"저 노봉방露蜂房으로 술을 담그면 비싼 값에 팔 수 있겠는데요?"

"예? 노봉방요?"

"아, 어른들은 말벌 집을 노봉방이라고 합니다. 우리나라 전통의 민간요법 약재로 귀하게 쓰이는 귀물이기도 하죠."

"어? 그래요?"

"후훗, 아마 2백만 원은 너끈히 받을 수 있을 겁니다."

"호오! 그렇게 비쌉니까?"

"필요한 사람에게는 부르는 게 값이지요. 벌집 자체가 프로폴리스거든요. 더욱이 무균상태라 옛날부터 숨은 보물이라고 해서 산삼보다 더 귀하게 취급해 왔으니 당연한 겁니다."

"무슨 효능이 있기에 산삼보다 더 귀하게 취급되는 겁니까?"

"저 정도 크기라면 중풍 환자에게 약재로 사용하면 그냥 나을걸요."

"에이, 무슨……?"

그렇다면 2백만 원이 문제가 아닐 것이다.

"저도 본 건 아니지만 시골 어른들 말씀으로는 그렇답니다. 그 외에 항균과 통풍에 좋고 기관지천식이나 당뇨병, 간, 신장염, 배앓이 등등에 엄청 탁월한 효과가 있다고 하던데요."

거의 만병통치약이라는 뜻.

"흠, 어른들 말씀이라면 신빙성이 있는 것 같네요."

대부분 경험에서 나온 말일 것이니 마냥 무시하기 어려운 것이 어른들 말이었다.

"저놈의 말벌 땜에 양봉 농사를 망친 적이 한두 번이 아닙니다."

"아, 말 벌 한 마리가 꿀벌 몇천 마리를 죽인다면서요?"

"맞습니다. 말벌 두세 마리면 꿀벌 수만 마리가 전멸하고 맙니다. 진짜 천적은 말벌과 꿀벌 관계라고 할 수 있지요."

"예방책은 없나요?"

"있지요. 동료애가 강한 걸 이용하는 방법입니다."

"말벌이 동료애가 강하다고요?"

"예, 양봉인들이 말벌을 사냥할 때 말벌 한 마리를 생포하지요."

"……?"

"파리나 쥐를 잡는 끈끈이를 벌통 위에 펼쳐 놓고는 생포한 말벌의 다리를 끈끈이에 붙여 놓습니다. 그렇게 되면 말벌이 탈출하려고 마구 버둥거리게 되지요. 이게 일종의 구조

신호가 됩니다, 하핫. 그들 나름의 의리라고나 할까요? 구조해 달라는 날갯짓을 들은 동료 말벌들이 구하러 오기 시작하지요. 그렇게 말벌들은 동료를 구하려고 끈끈이에 내려앉다가 그만 똑같은 신세가 되고 말지요, 하하핫."

"끈끈이를 구별하지 않습니까?"

"후훗, 말벌들에게는 끈끈이는 보이지 않고 동료의 비명만 들리는걸요. 그렇게 해서 일망타진한 적이 몇 번 있어서 확실한 방법이지요."

효과가 직방이란 얘기.

"저 구체가 바로 포로폴리스라는 겁니다. 저 말벌들을 보세요. 엄청나네요."

"안에 있던 말벌들이 죄다 기어 나온 것 같네요."

"하핫, 게다가 이건 장수말벌이라 엄청 사나운 놈입니다."

"숫자가 더 있을까요?"

"쪼개 보기 전에는 얼마나 들었는지 알 수 없습니다만, 저 정도 크기면 적어도 못해도 거의 천 마리는 들어 있을 겁니다."

"백 평 정도의 공간에 풀어 놓으면 어떨 것 같습니까?"

"하하핫, 말해서 뭐합니까? 아마 아수라장이 되고도 남을 겁니다."

"목숨을 잃거나 하지 않을까요?"

"헐! 이 정도 숫자면 생명을 앗고도 남습니다. 숫자를 줄여야 해요."

"얼마나요?"

"글쎄요. 몇 명이나 올지 모르지만 저거 대여섯 방 쏘이면 사망에까지 이를 수 있어서……. 두세 방이라도 응급처치가 늦으면 생명을 잃을 수도 있습니다."

'사람이 죽는 건 내키지 않는데…….'

비록 친일파들이라지만 사람의 생명을 함부로 앗을 수는 없다. 그저 병신이나 됐으면 하는 마음이었다.

'어? 이게 더 잔인한 건가? 제길, 재수 없는 놈들까지 신경 쓸 필요는 없어.'

담용은 마음을 단단히 먹었다. 그래도 개체 수를 줄일 필요가 있는 것이, 행여 애먼 사람들에게까지 피해가 갈 수도 있기 때문이었다.

"장 사장님, 개체 수를 좀 줄여야겠습니다. 이대로 풀어 놓으면 성한 사람이 하나도 없겠어요. 더구나 죄 없는 종업원들까지 위험할 수 있습니다."

"그럴 수도 있겠군요. 하지만 종업원들까지 공격하지는 않을 겁니다. 왜냐면 이따가 제가 조치를 할 거니까요."

"아! 방법이 있습니까?"

"하핫, 두고 보시면 압니다. 궁금하시더라도 참으세요."

"그래도 너무 숫자가 많은 것 같습니다."

"그렇긴 한데……. 여기서 놔줬다가는 큰일 납니다. 복수심이 대단한 놈들이라 끝까지 쫓아오거든요. 보시다시피 우리 주위를 빙빙 돌면서 떠나질 않고 있잖습니까?"

장지만의 말대로 말벌이 두 사람 주위를 감싼 채 공격해대고 있었다.

"집을 뺏겼으니 당연하겠지요."

"어구구, 소리만 들어도 화가 엄청 난 것 같네요."

그 말대로 엄청 화가 났는지 날갯짓이 더 살벌해진 것 같았다.

"어쩔 수 없네요. 일단 집으로 가지고 가서 결정하지요."

"그러는 게 좋을 겁니다. 자칫 놓치기라도 했다간 애먼 등산객들에게 피해가 갈 수도 있으니까요. 잠시만요."

장지만이 색에서 휘발유가 든 분무기와 토치가 부착된 부탄가스 통를 꺼냈다.

"이놈들을 쫓는 데는 이 방법이 최곱니다."

장지만이 일회용 라이터로 불을 댕기자, '펑!' 하는 소리가 나면서 불이 화악 일었다.

이어 분무기로 휘발유를 연거푸 뿜어내자, '화르르' 하고 화염방사기처럼 불줄기가 길게 뻗었다.

"하하핫, 보세요. 놈들이 타 죽으면서도 도망을 안 가잖습니까?"

"헐, 지독한 놈들이네요."

화르르. 화르르르.

"이대로 천천히 이동하지요."

"그러죠."

강남구 역삼동의 엘림오피스텔 706호.

국정원에서 마련해 준 담용의 임시 거주지다.

"어? 아무것도 없네요?"

현관문을 열고 안으로 들어서던 장지만이 휑한 실내를 보고는 담용을 쳐다보았다.

"하핫, 저도 얻어 놓고 처음 들어오는 것이니 당연하죠."

"아, 그래서 냄비랑 그릇을 사 온 거로군요."

"뭐, 당장은 라면밖에 대접할 것이 없으니 이해하십시오."

"하하핫, 거기에 김치만 있으면 되죠, 뭐."

"사 온 김치라 맛이 있을는지 모르겠습니다."

두 사람 다 양손에 든 비닐봉투가 불룩한 것으로 보아 시장에 들렀다가 온 듯했다.

"저녁에는 라면으로 때워야 하니 이해하십시오. 이 근처에 뭐가 있는지 몰라 배달도 어렵거든요."

"점심을 잘 먹었으니 저녁은 라면이면 충분하죠. 제가 끓일게요. 제법 솜씨가 있거든요."

"그래요?"

"하핫, 이따가 맛을 보시면 압니다."

"이거⋯⋯. 누룽지백숙이 빨리 소화됐으면 좋겠네요, 하하핫."

"우선 말벌 집부터 처리하고 작업하도록 하지요."

"그러죠."

두 사람은 텅 빈 거실에 앉아서 말벌의 개체 수를 줄여 갔다. 줄이는 건 눈에 보이는 족족 죽여 버리면 간단한 일이었다.

"이 정도면 됐을 겁니다."

"벌집 안에 더 없을까요?"

"어쩔 수 없습니다. 쪼개 보지 않는 이상 숫자를 알 수 없으니 말입니다."

"눈에 보이는 숫자만 해도 백 마리는 될 것 같은데요?"

"하핫, 그렇다고 다 죽여 버릴 수는 없잖습니까? 그랬다가 한 마리도 남아 있지 않으면 어쩌려고요?"

"설마요? 저기 보이잖아요. 대가리만 삐죽 내밀었다가 쏙 들어가 버리는 놈 말입니다."

"바깥 상황을 보는 겁니다. 이놈들도 꿀벌처럼 분업을 하거든요."

그렇게 말한 장지만이 색에서 조그만 병 두 개를 꺼냈다.

"이게 벌집을 여과시킨 프로폴리스라는 겁니다."

'헐, 언제 준비했지?'

"들어 본 적이 있습니다. 꽤 비싸더군요."

"한 병에 10만 원짜립니다. 맛을 보시겠습니까?"

"아뇨. 나중에요."

일이 먼저라 지금은 별로 당기지 않았다.

"프로폴리스는 고대로부터 사용되어 왔다고 하는데, 최근에 세상에 알려지게 된 것은 우연한 사건에 의해서라고 합니다."

"……?

"브라질의 아마존 밀림 지대에서 들쥐가 벌통 속으로 침입하여 꿀을 먹다가 벌들에게 공격을 당해 죽게 되었는데, 들쥐의 사체가 2년이 지나도록 부패되지 않고 그대로 보존되어 있는 걸 학자들이 발견하여 조사해 봤더니, 들쥐의 사체에 칠해져 있는 어떤 물질 때문이었다고 합니다. 그 물질을 조사해 보니 바로 항균 효과가 뛰어난 이 프로폴리스였다지 뭡니까."

"호오!"

"우리나라도 5년 전, 그러니까 1995년에 건강식품으로 공식 인정했을 정도로 신비한 자연식품이지요."

프로폴리스의 연구가 시작된 것이 얼마 되지 않았다는 얘기다.

"이걸 저 먹으라고 가지고 온 건 아닐 테고……. 따로 용도가 있습니까?"

"하핫, 필요하시다면 나중에 제가 사 드리지요. 이건 말벌 집을 벽에 붙이는 용돕니다."

"아, 아……. 그렇지."

미처 생각지 못한 부분이었다.

어디까지나 자연스럽게 말벌 떼의 공격을 받은 것으로 받아들여져야 하는 일이었다.

그런데 말벌 집만 덩그렇게 놓여 있다면 이건 다분히 누군가 고의적으로 범행을 저지른 것으로 볼 것이다.

더구나 사람이 죽거나 중상을 당했다면 더욱 그렇다.

"그래서 일부러 농도가 짙은 걸로 사 왔습니다. 대개는 칠팔만 원 선이거든요."

"이걸 어떻게 붙이죠?"

"여길 보십시오."

장지만이 말벌 집을 떼어 낸 부분을 가리키며 말을 이었다.

"떼어낸 부분과 벽에 흥건하게 발라서 한동안 고정시키고 있으면 저절로 굳어서 달라붙습니다. 점액질이거든요. 안 되면 일회용 라이터로 열을 골고루 가하면 됩니다."

"이상하게 생각하지 않을까요?"

전문가가 보면 급조한 것임을 금세 알 수 있을 것 같아서다.

"거기까지는 저도 장담하지 못합니다."

"하긴…….."

여기까지만 해도 큰 수확이라 담용은 그대로 실행하기로 마음을 먹었다.

어쨌거나 이러려고 한 건 아니었지만 장지만을 대동했던 것이 신의 한 수가 되어 버렸다.

"다음은……. 아! 먼저 말벌들부터 숨겨야겠네요."

말벌 집을 들고 일어선 장지만이 방 안에 넣고는 문을 닫았다.

"왜 그러는 겁니까?"

"이것 때문입니다."

이번에는 집으로 오기 전에 샀던 레몬 자루를 벌려 보였다.

이 레몬을 사느라 과일 가게를 몇 군데나 다녔는지 모른다. 그것도 유통기간이 한참이나 지난 시든 레몬만을 고르느라 발품을 부지런히 팔아야 했다.

시든 레몬이 많지도 않았던 것도 있었지만 다분히 의도적인 발품이었다. 이유는 한 가게에서 너무 많이 구입하면 곤란해서였다.

그러다 보니 양도 무지하게 많았다.

"이게 관계가 있습니까?"

"하하핫, 말벌이 환장하는 게 이거거든요."

"……?"

"레몬을 구한 데는 다 이유가 있죠."

"……?"

당최 무슨 말인지를 몰라 담용은 눈만 껌벅거릴 뿐이다.

"말벌들이 벌통을 침입하는 목적은 꿀을 빼앗기 위한 겁니다. 그런데 사실은 말벌들이 더 좋아하는 것이 있습니다."

"에? 말벌들이 레몬을 좋아한다고요?"

"하하핫, 레몬을 좋아하는 게 아니라 신맛을 좋아하는 거지요."

"정말요?"

"틀림없어요. 그것도 삭힌 과일의 신맛을 엄청나게 좋아합니다."

"아, 그래서 일부러 시든 레몬을……."

"하하핫, 맞습니다. 시골에서 말벌을 잡을 때, 끈끈이 외에도 신맛이 나는 삭힌 과일을 이용하기도 하지요. 의외로 효과가 좋습니다."

"어, 어떻게요?"

담용의 눈에 호기심이 확 살아났다.

"삭힌 과일로 유인하는 겁니다. 즉, 말벌들이 공격해 오는 길목에 방충망을 씌운 틀을 놓고 그 안에 삭힌 과일을 놓아두면 벌통보다 먼저 달려들게 됩니다."

"아, 아, 가둬서 잡는다는 말이군요."

담용은 신기하다는 듯 장지만의 말에 빠져들었다.

"지금 레몬으로 즙을 만들 겁니다. 이걸로요."

장지만이 시장에서 샀던 플라스틱 그릇과 낚시할 때 사용하는 주름진 물통을 챙겼다.

플라스틱 그릇은 중앙이 볼록 튀어나온 데다 돌기까지 있어 오렌지 같은 과일을 반으로 쪼개 덮어씌우고 돌리면 되는 일종의 과즙기였다.

주름 물통은 과즙을 담는 통일 것이다.

"으으으……. 엄청 시겠는데요?"

레몬이 담긴 봉투를 열지도 않았는데 듣는 것만으로도 입 안에 침이 가득 고였다.

"후후훗, 삭은 과일이니 신맛이 더 강하겠죠."

"근데 과즙을 이용하려는 건 알겠는데……. 어떻게 하라는 겁니까?"

말벌에 대해 문외한이다 보니 어느샌가 이야기의 주도권이 장지만에게 가 있어 묻는 게 전부인 담용이었다.

"레몬 과즙을 연회장 의자에 마구 묻히세요. 특히 의자 등받이에 충분히 묻히도록 하세요."

"……!"

장지만의 말에 눈을 동그랗게 뜬 담용이 정말 기발한 생각이라는 듯 급히 입을 열었다.

"그러니까 놈들이 오기 전에 미리 가서 문질러 놓으란 거죠?"

"예, 아마 모르긴 해도 말벌들을 풀어 준다고 해도 그 신 맛 때문에 육 사장님을 공격할 생각도 못 할 겁니다."

"허얼─!"

그렇다면 굳이 방제복과 방충모를 걸칠 필요가 없다.

'혹시 모르니 염동 장막을 펼쳐 보면 어떨까?'

염동 장막은 사이킥 맨틀이라는 것으로 전신에 피막을 입 힘으로써 외부의 공격에서 몸을 보호해 주는 염동력의 수법 중 하나였다.

저번에 사용한 적이 있지만, 수련이 얕아 자유자재로 사용 하지는 못하고 있었다.

'염동 장막도 더 수련해 놔야겠구나.'

초능력은 그야말로 광활한 바다와 같이 그 범위를 짐작하 지 못할 정도로 광범위해서 욕심을 내다 보면 한도 끝도 없 었다.

그런 탓에 초능력자들은 한 가지 혹은 많아야 두 가지 정 도에 특화된 능력을 지닌 채 태어난다.

물론 평생 동안 초능력을 지녔는지도 모르고 지나치는 경 우가 대부분이다.

운이 좋아 발견하게 되면 그때부터 수련을 본격적으로 하 게 된다.

당연히 초능력을 사용하게 되는 순간이 수명을 갉아먹기 시작하는 시발점이 되기도 한다.

"아까 말했던 종업원 문제도 걱정할 필요가 없습니다. 왜냐면 종업원들은 신맛이 몸에 배어 있지 않거든요."

"아하! 그럴 수 있겠네요."

"특히 조심할 것은 신맛에 환장하는 놈들이라 속도가 엄청 빠르다는 점이죠. 그러니 풀어 주자마자 잽싸게 빠져나와야 할 겁니다."

"알겠습니다."

정말 기발한 아이디어다.

이건 완전범죄나 마찬가지였다. 무사히 빠져나오기만 한다면 말이다.

'흠, 탈출로를 살펴봐야겠군.'

그나저나 장지만의 마음 씀씀이가 너무 고마웠다.

담용이 살인을 마다하지 않고 시도하려는 일임에도 불구하고 장지만은 일언반구도 하지 않았다.

아니, 오히려 더 적극적이다. 자신이 해 줄 수 있는 일은 다 하고 있으니 말이다.

'사람 한번 진국이로구나.'

꼭 부족함이 없이 살도록 해 줬다고 해서 무조건적으로 따르는 것은 아니리라.

"장 사장님."

"예?"

"제가 사람이 죽을 수도 있는 이런 위험한 일을 왜 하려고

하는지 안 묻습니까?"

"하핫, 물어볼 필요가 없죠."

"왜요?"

"저는 무조건 육 사장님 편이니까요."

"예?"

"뭘 하시든 육 사장님 편이라고요."

"그, 그것이, 사람을 죽이는 일이라고 해도 말입니까?"

"그럼요. 무조건인데 따질 게 있습니까?"

'하—!'

BINDER
BOOK

양지로 나오려는 양경재

마포구 합정동의 맥시멈환경 사무실.

맥시멈환경 사장으로 있는 양경재가 자신의 집무실에서 경영 전문가인 오기수 전무와 머리를 맞대고는 구수회의를 하고 있는 중이었다.

무슨 얘기를 들은 끝인지 양경재가 절레절레 고개를 흔들어댔다.

"다 무너져 가는 회사에 그렇게 많은 돈을 지불하는 건 곤란해."

양경재의 시선이 뭔가를 기대하는 듯한 눈빛으로 오기수를 쳐다보았다.

오기수는 경영 전문가로 양경재의 처조카였다.

양경재가 대표로 있지만 모든 업무는 경영 전문가인 오기수가 도맡아 하고 있는 것이다.

뭐, 아직은 맥시멈환경이라는 조그만 업체에서 할 일이 크게 없어 출퇴근만 하고 있는 상황이다.

"오 전무, 도저히 방법이 없겠어?"

"성산건설이 비록 지금은 겨우 턱걸이를 하고는 있다지만, 1군 기업체라 막무가내식의 우격다짐은 보는 눈들이 많아서 시도하기 어렵습니다."

"끙, 곧 무너질 것 같으면서도 버티고 있으니 내가 불뚝 성질이 나는 거야."

"이젠 그렇게 해서는 곤란합니다. 삼촌이 정상적인 사업가로서 자격을 갖추려면 그런 티를 내서는 정말 곤란하다구요."

"알아, 안다고. 그래서 좋은 쪽으로 인수 방법을 모색해 보려는 것 아니냐? 그리고 회사에서는 직함을 부르도록 해."

"그러죠."

"마음 같아서는 협박이라도 해서 당장 빼앗아 오고 싶은데 말이야."

"그런 방식은 절대로 안 됩니다. 지금 성산건설의 시공 능력 평가액이 1군 건설업체 한계선인 7백억 원 정도입니다. 뭐, 한때는 2천억 원 이상의 시공 능력 평가에다 도급 순위 30위이긴 했지만, 그보다 우리가 중요하게 여기는 점은 법인이 20년이 넘었다는 거죠."

"그 때문에 내가 기를 쓰고 인수하려는 거다."

"오래된 법인인 데다 1군 업체라 도와줄 우군이 많다는 걸 아셔야 합니다. 협박 같은 것은 정말 곤란합니다. 아마 법을 따지기 이전에 매스컴에서 먼저 들고일어날 겁니다. 이제 기업체를 거느리려면 예전 마인드로는 안 된다고요."

"내게 시간이 많지 않아서 그래."

"그 말씀은 계획하고 있는 게 있다는 얘기네요?"

"그래, 네 말대로다."

"뭔데요? 제가 알면 안 됩니까?"

"아직은 입 밖에 내기 이르긴 하지만 넌 어느 정도 알고 있어야겠지."

"당연하죠. 어디 말씀해 보세요."

"정부에서 발주하는 공사를 따낼 생각이다."

"예? 저, 정부 발주 공사요?"

"그래. 당분간은 너만 알고 있도록 해."

"예. 근데 정부에서 발주하는 공사라면 규모가 만만치 않을 텐데요? 입찰 조건도 까다로울 테고요."

"그래서 기반을 단단하게 다져 놓은 성산건설 법인이 필요한 거다."

"그걸 인수한다고 해도 발주를 받는다는 보장이 있어야지요."

"짜식, 넌 이 삼촌을 뭘로 보는 거냐?"

"히힛, 방법이 있다는 말이군요."

"당연하지. 그나저나 방법이 없을까?"

"없긴 왜 없어요?"

"어? 있어?"

"성산건설에서 요구하는 금액을 지불하지 않는 한 우리 힘만으로는 어렵습니다. 그래서 M&A전문가의 말을 들어 보려고 불렀습니다."

"M&A 전문가? 그게 뭔 말이냐?"

주먹질만 해 오던 양경재라 생전 처음 듣는 용어에 인상만 찌푸렸다.

"사장님이 그런 용어들을 알려면 공부를 많이 해야 돼요."

"젠장."

"히히힛, 그래서 제가 곁에 있는 거잖아요?"

"하긴……."

"성산건설을 인수하는 데 필요할 것 같아서 법인 양도 양수 같은 걸 전문으로 하는 기업의 대표를 오라고 했죠."

"지금 와 있냐?"

"그럼요. 잠시만요."

오기수가 일어나 밖으로 나가더니 금세 정장 차림의 단정해 보이는 장년인을 데리고 들어왔다.

"김 대표, 우리 사장님입니다."

꾸벅.

"처음 뵙겠습니다. DS인베스트먼트의 대표 김대식입니다."

그러면서 미리 준비한 명함을 건넸다.

"양경재요. 앉으시오."

"감사합니다."

김대식이 건넨 명함을 슬쩍 쳐다본 양경재가 말했다.

"DS인베스트먼트에서는 주로 어떤 일을 하오?"

"저희 회사는 법인의 양도 양수와 기업 매매, 기업 인수, 적대적 인수 합병 등을 전문으로 하는 회삽니다."

"호오! 그래요?"

"예, 여기 그동안의 실적이 적힌 회사 소개서입니다. 시간이 나시면 참고하십시오."

김대식이 파일을 내밀었다. 파일을 한쪽으로 밀어 낸 양경재가 오기수를 쳐다보고는 말했다.

"오 전무에게 들은 게 있소?"

"예, 성산건설을 인수하고 싶어 하신다고 들었습니다."

"맞소. 내 섭섭지 않게 사례할 테니 좋은 방안을 제시해 주시오."

"먼저 양 사장님께 묻겠습니다. 꼭 1군 기업체라야 합니까?"

"그렇소."

양경재의 말투는 반드시라고 해도 좋을 만큼 단호했다.

"알겠습니다. 심중에 굳히고 있는 일이 있는 것 같군요. 그러시다면 방법은 두 가지가 있습니다."

"두 가지?"

"예. 정상적인 기업 인수 방식인 우호적 인수 합병과 적대적 합병, 즉 적대적 M&A를 시도해 경영권을 가져오는 것입니다. 오 전무에게 들은 바로는 정상적인 기업 인수는 어렵다고요."

"우리가 제시하는 금액과 성산건설이 요구하는 금액이 워낙 차이가 나서 한발 물러선 거요."

"그러시다면 맥시멈환경이라는 사업체가 있으니 적대적 M&A밖에 없겠습니다. 뭐, 단순히 돈을 불리기 위한 거라면 그린메일Greenmail 형식을 권해 드리고 싶고요."

'젠장, 당최 뭔 소린지…….'

꼬부랑말이 질색인 양경재는 절로 인상이 찌푸려졌지만 점잖게 물었다.

"좀 자세히 말해 줄 수 있겠소?"

"말씀드리기 전에 맥시멈환경의 자본금과 매출액을 알고 싶군요."

"아, 그건 제가 말하지요."

오기수가 나섰다.

"자본금은 20억 원이고 매출액은 이제 발족한 회사라 얼마 되지 않습니다. 필요하다면 자료를 제출해 드리지요."

'쩝, 뱀이 코끼리를 삼키려는군.'

"아직은 뭐……. 적대적 M&A란 인수를 당하는 기업의 입장은 고려하지 않은 채 일방적으로 이루어지는 인수 합병입니다."

'호오, 그거 마음에 드는 말이군.'

일방적이란 말이 꼭 강제로 빼앗는 뜻으로 들렸기에 얼굴에 반색하는 기색이 어리는 양경재다.

"어떤 식으로 하면 일방적이 되는 거요?"

"상대 기업의 동의 없이 강행하는 기업의 인수와 합병을 뜻하는 거지만, 통상적으로 공개 매수나 위임장 대결의 형태를 취하게 됩니다. 즉, 주로 주식 매수를 통해 이루어진다고 보면 됩니다."

'젠장 할. 이것도 결국 돈이 있어야 한다는 얘기로군.'

뭐, 공짜로 날름 삼킬 수는 없는 일이니 어느 정도의 출혈은 각오한 바라 자금 소모를 덜 수 있는 일이라면 상관은 없다.

"주식을 얼마나 매입해야 하는 거요?"

"우호 지분을 끌어들일 수 있다면 30퍼센트의 지분만으로도 충분할 겁니다."

"흠, 시간은 얼마나 걸릴 것 같소?"

"급합니까?"

"가능한 빨리 넘겨받기를 원하오."

내년부터라도 정부 발주 공사의 입찰에 응하려면 올해 안으로 그만한 그릇을 만들어 놔야 했다. 이제 불과 3개월 남짓 남은 상태라 머뭇댈 수가 없었다.

"빨리라……. 사실 여유가 있으면 유리한 면이 많습니다만 사정이 그렇지 않으니 서둘러야겠군요."

"부탁하오."

"사실 IMF가 시작된 이후 국내 기업에 대한 적대적 인수 합병 사례가 적지 않았지만 성공한 사례는 희박한 편입니다."

"그럴 만한 이유가 있소?"

"당연히요. 우리가 성산건설의 경영진을 해임시키기 위해서는 목소리를 낼 만큼의 주식을 확보하는 게 기본입니다. 그런 다음 주총의 소집을 요구해야 합니다. 거기서 주총 참석 주주의 3분의 2이상의 찬성표를 받아야 하지요."

"그러면 끝나는 거요?"

"그렇습니다만 여기에는 반드시 짚고 넘어가야 할 부분이 몇 가지 있습니다."

"……?"

"성산건설의 정관定款을 살펴봐야 합니다."

"정관?"

"예. 정관에 기존 경영진에게 유리한 조항이 있을 수 있습니다. 이를테면 기업 인수자가 경영진을 해임할 때 고액의 위로금을 지불해야 하는, '황금낙하산' 같은 조항이 그거지요."

"뭐요? 그딴 것도 있단 말이오?"

"틀림없어요. 애초 정관을 만들 때 이런 경우를 대비해 방어자 측이 유리한 상황을 만들어 놓은 거라고 보면 됩니다."

회사를 본전에 넘기더라도 경영진은 잘 먹고 잘 살겠다는 의미.

'염병할. 그렇다면 똥줄이 탈 때까지 기다리면 되잖아.'

내심은 그랬지만 번듯한 기업인 행세를 하려면 그런 막말을 함부로 뱉을 수는 없었다.

"크흐흠, 그렇게 되면 자금의 출혈이 적지 않을 것 같은데 맞소?"

"맞습니다."

"우리가 지분을 확보하고 기다리면 유리한 것 아니오?"

"그게 꼭 그렇지가 않습니다."

"왜……?

"이유는 기업의 경영권 분쟁이 길어지면 매출에 상당한 악영향을 끼치기 때문입니다."

"도통 모를 소리로군."

"어려운 얘기가 아닙니다. 적대적 합병이라면 성산건설 측 역시 경영권을 빼앗길 수 없어서 무리를 하더라도 자사

주를 사들이기 시작할 것이기 때문이지요."

"돈이 없는데도?"

"하하핫, 돈이 없어도 가능합니다. 이런 경우 여러 사람이 주식을 사들이려고 하니 주가가 급등하기 마련이니까요."

당연한 얘기다.

경영진 측이 방어를 하려고 시중의 주식을 사들이게 되면 주가가 뛴다.

고로 일반 사람들도 '뭔가 있구나.' 하면서 너도나도 뛰어들어 주식을 매입하다 보니 주가가 오르는 것이다.

"온전히 인수한다면 주가가 오르는 것이 좋은 일이겠지만 우리도 그만큼의 출혈을 감안해야 합니다. 그래서 가장 좋은 방법은 지분을 확보한 후에 우호 지분을 많이 확보하는 것입니다."

"흠, 그러니까 우선적으로 주식을 확보해 놓고 주주들을 찾아가 편이 되어 달라는 거잖소?"

"맞습니다."

"그게 그리 쉽겠소?"

"쉬울 수도 있고 어려울 수도 있습니다."

"뭔 소리요?"

"양 사장님께서 성산건설을 인수하려는 목적이 있을 것 아닙니까?"

"물론이오."

"그걸 가지고 주주들을 찾아가 설득한다면 보다 일이 쉬울 겁니다."

"엉? 아, 아, 무슨 말인지 알겠소."

머리는 나쁘지 않아 양경재는 단박에 무슨 뜻인지 알아차렸다.

"그 문제라면 백 퍼센트 자신이 있으니 염려하지 마오. 내 장담하건대 주주라면 혹할 프로젝트를 가지고 있다오."

위임장 대결에 자신 있다는 얘기였다.

'흐흐흐, 건설교통상임위원인 박 의원이 밀어준다는데 언놈이 안 넘어오겠어.'

그랬기에 양경재는 우호 지분 확보만큼은 자신만만했다.

"좋습니다. 그렇다면 제가 주식 지분을 확보하는 데 힘을 다해 보겠습니다. 필요한 자금은 일단 알아보고 말씀드리도록 하지요."

"하핫, 그래 주시오. 글고 아까 그린……. 뭐라고 했는데 그건 뭐요?"

"아! 그린메일 말입니까?"

"그렇소."

"그린메일이란 성산건설을 예로 들면 양 사장님과 그쪽이 서로 합의를 해서 주가가 상승한 후에 차익을 챙기고 물러나는 투자 방식입니다."

'그거 괜찮군.'

딱 양경재 자신의 투자 스타일이었지만 지금은 더 급한 일을 있었기에 고개만 끄덕이고 말았다.

"그럼 이만 가 보겠습니다."

"그러시오. 잘 부탁하오."

"예, 빠른 시일 내에 연락을 드리겠습니다."

"제가 배웅해 드리지요."

오기수가 같이 일어나서 집무실을 빠져나갔다.

그런데 열린 문으로 얼굴을 슬쩍 들이밀고 이빨을 내보이며 손을 드는 사람이 있었다.

"안녕하십니까, 양 사장님!"

'빌어먹을 인간! 전화로 하지, 찾아올 것까지 뭐 있다고!'

마음속으로야 짜증이 이는 인간이었지만 그런 걸 내색할 사이는 아니었다.

얼핏 봐도 변죽이 좋을 것만 같은 인상인 중년의 사내는 바로 일전에 양경재가 일을 시켰던 이창걸이란 사람으로, 창대기획이라는 심부름센터, 아니 흥신소 소장이었다.

뭐, 자칭이긴 했지만 인상만큼이나 능력을 인정받고 있는, 전직이 경찰이었던 사람이다.

"어서 오게."

"하핫, 맥시멈환경이라……."

처음 방문이었던지 실내를 휘휘 둘러보는 중년 사내다.

"이제 본격적으로 사업을 할 생각인가 봅니다그려."

"객쩍은 소릴랑 말고 어디 털어놔 보게."

"어? 차도 한 잔 안 주는 겁니까?"

"알아서 가져올 거니까 얘기부터 풀어 놔 보게."

"그렇다면야……."

털썩.

소파에 걸터앉은 아창걸이 본론을 꺼냈다.

"부추비빔밥집 알지요?"

"부추비빔밥집이라니? 갑자기 거긴 왜?"

"일이 거기서부터 시작됐으니까요."

"뭐? 그럼 헤또가 당한 곳이 부추비빔밥집이었단 말인가?"

"조사해 보니 그렇더군요."

"헤또가 털어놓은 건가?"

"그 자식은 입도 벙긋 안 합디다."

"그래?"

"예. 뭐, 이해는 가더군요."

"이해라니? 뭔 말인가?"

"글쎄요. 이걸 말해야 될지 말아야 할지 저도 잘 모르겠습니다."

"어허! 이 사람이!"

"아, 아. 그럴 만한 이유가 있으니 역정 내지 마십시오."

"섣부른 소릴 하면 잔금은 없네."

"어어, 이거 왜 이러십니까? 조사는 분명히 했다고요."

"그러니까 꾸물대지 말고 탁 털어놓으란 말일세."

"쩝, 앞으로 주 회장은 건드리지 않는 게 좋겠습니다."

"뭐라?"

이창걸의 말에 이마에 골을 깊이 판 양경재의 뇌리에 불현듯 영등포경찰서의 이 경정이 하던 말이 떠올랐다.

－대왕AM의 주경연 회장은 건드리지 마라.

"왜? 뭐 때문에?"

"저도 모릅니다. 다만 제 예감이 그렇게 말하고 있습니다."

"헐－!"

어이가 없다는 듯 이창걸을 한참이나 노려보던 양경재가 말했다.

"이유가 뭔지나 말해 보게."

"저쪽 말입니다."

이창걸이 유리창 너머를 가리키며 말을 이었다.

"……?"

"거기서 보호하고 있는 것 같아서요."

"빌어먹을……."

굳이 꼬집어 말하지 않아도 이 경정에게 들은 말이 있어

금세 알아듣는 양경재다.

더구나 뻔뻔스러운 낮짝이긴 해도 이창걸만 한 정보통도 없을 만큼 정보 하나는 믿을 만했다.

"어쩔 겁니까?"

"젠장, 관둬야지 어떻게 하겠나?"

"양 사장님도 윗줄을 동원해 보시지 그래요?"

"그럴 만한 가치가 있는 일이 아니네."

"그럼, 그만둘까요?"

"그렇게 하게. 나머지 돈은 통장으로 쏴 주지."

"고맙습니다."

그 말을 끝으로 이창걸이 자리를 털고 일어 섰다.

"에이, 결국 차 한 잔도 못 마시고 가네."

"다음에 와서 마셔."

"쳇!"

친일파의 수난

일요일 아침 08시경의 우이동계곡 정궁한식당.

아직까지 녹음이 절정을 이루고 있는 가운데 그 아래 궁궐처럼 멋들어지게 지어 놓은 한정식집은 일요일을 맞아 평소보다 더 분주한 모습이다.

제복을 입은 종업원들이 영업 준비를 하느라 부지런히 움직이는 가운데 정궁한정식 안주인인 손미경은 카운터를 정리하다가 테이블에 주르르 놓여 있는 모니터에 눈이 갔다.

그런데 어딘가 모르게 살짝 비틀어진 기분이 들어 미간을 좁혔다.

"이상하네. 원래 이랬었나?"

초점이 되어야 할 곳인 정문이 똑바로 보이지 않고 위쪽

끄트머리와 진입로만 영상에 잡혀 있었던 것이다.

정원 역시도 살짝 들린 느낌을 주고 있었다.

"어머나! 뒤뜰도 그러네."

감시 카메라들이 모두 살짝살짝 들린 느낌에 손미경은 그저께 강한 비바람이 불어닥쳤다는 것을 상기했다.

어제는 토요일이라 모니터를 확인할 새도 없이 바빴던 터여서 무심코 지나쳐 미처 확인을 하지 못했었다.

"바람 때문인가?"

말하고 보니 꼭 그런 것 같았다.

기술자가 아닌 손미경으로서는 그저께 불었던 강한 바람에 감시 카메라가 살짝 비틀어진 것이라 여기고 말았다.

"이따가 영업을 끝내 놓고 손봐야겠네."

지금은 곧 귀한 손님들이 들이닥칠 시간이라 모니터에 신경 쓸 여가가 없었다.

오늘은 그야말로 대박을 치는 날이라 마음부터 벌써 바빠지고 있었던 것이다.

"김 군아, 3층 연회실 실장한테 준비됐는지 연락해 봐라."

"예-!"

3층 연회실은 분주함의 절정을 이루고 있었다.

종업원들 중 귀에 이어 마이크를 꽂고 있는 여인이 지시를 하다 말고 연방 고개를 갸우뚱거리며 코를 벌름거렸다.

　　그러다가 종내 알 수 없었던지 기어코 한마디 내뱉었다.

　　"이상하네. 김영주 씨."

　　"네, 실장님."

　　"어디서 레몬 맛 냄새가 나는 것 같지 않아요?"

　　"아, 맞아요. 저도 세팅하면서 느꼈어요."

　　"어디서 나는지 알아요?"

　　"그게……. 사방에서 나는 것 같아요. 환기를 했는데도 계속 나네요."

　　"어제는 괜찮았잖아요?"

　　"그러고 보니 어제는……. 저도 못 느꼈네요."

　　"냄새가 불쾌한 것 같지 않아요?"

　　"전 괜찮은 것 같은데요? 실장님은 불쾌해요?"

　　"나도 불쾌할 정도는 아니에요. 단지 손님들이 워낙 대단한 분들이라 어떻게 생각할지 걱정이네요."

　　"저는 오히려 비 온 뒤의 퀴퀴한 냄새보다 이 냄새가 더 나은 것 같아요."

　　"하긴 비가 많이 온 뒤라 실내가 눅눅하긴 하죠."

　　"오히려 레몬 냄새가 눅눅한 느낌을 없애 주니 더 좋은 것 같지 않으세요?"

　　"그래요? 나만 이상한가?"

그 말에 몇 번 더 코를 킁킁거리던 실장이란 여인은 귀에 신호음이 울리는지 걸음을 옮겼다.

"알았어요. 계속 일해요."

"네."

소란은 천장 대들보에서 진즉부터 가부좌를 튼 채 차크라의 수련에 매진하고 있는 담용의 귀에도 들려왔다.

'시끄럽군.'

연회장의 소란에 담용이 가부좌를 풀고 편한 자세를 취했다.

시간을 확인하니 8시 20분이었다.

연회의 시작이 9시라고 했으니 아직 40분이 남았다.

시간의 여유가 있다고 여긴 담용이 다시 한 번 점검에 들어갔다.

툭툭.

가장 먼저 바로 곁의 벽에 부착한 말벌 집부터 두드려 확인했다.

오늘의 결과를 책임질 메인인 말벌 집은 든든하게 붙어 있었다.

'오, 탄탄하네.'

딱딱하게 굳은 걸 보니 프로폴리스가 제 역할을 톡톡히 한 셈이었다.

아직은 방충망을 둘러놓은 상태라 말벌들이 내는 소리만

요란했다.

뭐, 신맛 냄새를 맡은 이후부터 줄곧 사나울 정도로 웅웅 대는 것을 멈추지 않고 있는 녀석들이긴 하다.

근데 개체 수를 줄였음에도 숫자가 생각했던 것보다 많다 는 느낌이 들었다.

'신맛을 느끼고 속에 있던 놈들이 죄다 기어 나왔나?'

조금은 불안해진 마음으로 동여맨 매듭을 건드려 보았다.

'이 정도면……'

살짝만 당겨도 풀리도록 매듭을 지어 놓았으니 관건은 담 용이 얼마나 빨리 자리를 벗어나느냐다.

'뭐, 정 안 되면 염동 장막을 펼치면 되지.'

밤새 수련한 덕에 어느 정도 자신감이 붙은 것이다. 원래 부터 강도는 어느 정도 자신이 있었으나 장시간 일정하게 하 는 부분이 마음에 걸렸었다.

어쨌든 수련이 일천하긴 하지만 말벌 떼의 공격을 조금은 완화시켜 줄 수 있을 것이다.

정작 중요한 문제는 따로 있었다.

다름 아닌 밖으로 나간 후, 환기창을 원래대로 복구하는 데 따른 시간이었다.

전동 드라이버를 사용한다고 해도 시간은 걸리기 마련이 다.

일정 시간의 소요가 불가피한 상황.

야밤이라면 상관이 없겠지만 백주 대낮이라는 것이 마음이 쓰였다.

　다행인 점은 뒤뜰의 공간이 좁은 데다 바로 지척에 철조망이 세워져 있었고, 그 너머로는 계곡이 자리하고 있다는 것이다.

　게다가 정리되지 않은 온갖 잡풀들이 우거진 계곡이어서 행락 장소로 적당치 않아 인적도 없었다.

　탈출로로 제격인 셈이다.

　담용은 자신이 챙겨서 가야 할 물건들을 하나하나 체크했다.

　'방충망, 갈고리, 로프, 전동 드라이버, 색, 벙거지……'

　하나라도 두고 간다면 만사휴의다.

　잠입할 때 사용했던 갈고리는 용마루에 걸어 놓았고, 로프는 환기창 위의 물받이에 올려놓은 상태였다.

　그러는 동안 시간은 쏜살같이 흘러 아래층이 더 시끄러워지면서 종업원들이 분주하게 움직이는 기척이 느껴졌다.

　"손님들 오셨어. 두 줄로 서서 맞이하세요."

　연회실에서 들려오는 음성에 담용이 환기구를 통해 쳐다보니 종업원들이 입구 양쪽으로 정렬하는 것이 보였다.

　'왔구나.'

　지루하던 기다림이 마침내 그 종착역에 다다랐다.

　시간을 확인하니 09시가 다 되어 가고 있었다.

일을 벌이려면 적어도 1시간은 더 기다려야 하지만 담용은 벌써부터 심장이 벌떡거리기 시작했다.

자칫 사람의 목숨을 앗을 수도 있는 일이었으니 당연히 심적 동요가 일었다.

"어서 오십시오-!"

종업원들이 일제히 합창하는 소리에 담용이 다시 환기구로 눈을 들이댔다.

환기구는 진즉에 프로펠러를 고장 내 놓았던 터였다. 모두 네 개라 그 정도면 충분하다는 생각이었다.

은근히 으스대며 종업원들이 만든 통로로 걸어 들어오는 중년인 두 명, 생판 모르는 얼굴이었다.

하기야 회장인 이치호의 얼굴이나 신분도 모르는 판국에 회원들의 정체를 알 턱이 없다.

국정원의 도움을 받는다면 모를까 이번 일은 담용이 독단으로 결정하고 나선 일이다.

중년의 사내들이 계속해서 들어오더니 먼저 온 사람들과 악수를 나누며 입가에 웃음이 떠나지 않는 모습이다.

'어? 저 작자는?'

들어서는 인물들 중에 낯익은 얼굴이 보이자 담용이 '설마' 하는 표정을 자아냈다.

이유는 자주 매스컴에 오르내리는 대한체육계의 거물인 권준수였기 때문이다.

'얼레? 저 양반은 또 뭐야?'

국회부의장인 황정곤이었다.

그뿐만이 아니었다. TV에서 익숙하게 보던 얼굴들이 줄 줄이 들어서고 있었다.

그중에 이번에 한일의원연맹간사로 임명된 박성원 의원도 끼어 있었다.

'이거…… 내가 지금 무슨 일을 저지르려는 거지?'

여유롭던 마음에 긴장이 찾아들었다. 면면들을 보니 일이 너무 커진 기분이 들었기 때문이었다.

'친일파야, 아니면 초청 인물들이야?'

결단코 꿈에라도 친일파라 여기지 않았던 친근한 인물들 이다 보니 살짝 회의감마저 들었다.

그들에 대해 더 이상 아는 정보가 없으니 갑갑했다.

나라에서 차지하는 중한 위치도 그랬지만 사회적으로도 존경받는 인물들이다 보니 더 그런 마음이 들었다.

'빌어먹을…….'

계속해서 들어서는 인물의 면면들 중에 낯익은 자들이 적 지 않아 표정이 더 일그러지는 담용이다.

기대를 배반한 인물들의 등장에 절로 반응하는 심정의 발 로다.

대한민국을 좌지우지할 정도는 아니더라도 이들의 입김과 영향력을 무시할 사람과 단체가 없다고 해도 과언은 아닐 것이다.

고로 이번 사건 이후에 벌어질 사회적 파장이 얼마나 대단할지 미루어 짐작할 수 있는 면면들이었다.

그야말로 거대한 후폭풍이 한동안 대한민국을 덮칠 것으로 예상되는 오늘이다.

'그래도…… 나는 일을 저지를 것이다.'

원인 없는 결과는 없는 법.

설사 친일파 가문 출신이 아니더라도 이들과 교류를 하고 있다면 동조하고 있다는 뜻이 아니겠는가?

담용 스스로의 위안으로 애써 당연시했다.

'그러고 보니……'

대부분 어려움을 모르고 순탄한 길을 걸어온 인물들이란 생각이 들었다.

흔히 말하는 '금숟가락'을 물고 태어났다고 하는 사람들.

반면에 독립투사 자손들은 태어나면서부터 끼니 걱정을 해야 하는 질곡 같은 운명이 태산보다 더 높게, 철옹성같이 옹골지게도 앞을 가로막고 서 있었다.

거꾸로 가도 한참 거꾸로 가고 있는 나라.

뭐? 도전하고 개척하면 되지 않느냐고?

무엇으로?

친일파들이 고의로 방해 공작을 하고 있음을 생각해 보지 않았나?

이건 당연한 거다.

독립 유공자 자손들이 득세하게 되면 친일파 후손들은 발 디딜 곳이 없어지는데 손을 놓고 있을까?

친일파와 독립투사의 관계는 더도 덜도 아닌 서로 원수지 간임을 정말 모르는가?

친일파들로서는 당연히 눈에 보이지 않는 훼방을 끊임없 이 할 수 밖에 없는 처지다.

그 단적인 예를 들면, 독립 유공자나 그 자손들에게 주는 보상금이나 보훈 연금이 형편없는 금액이라는 것.

시장경제에 따라 금액을 올린다 싶으면 오만 구실로 딴죽 을 거는 치들이 바로 친일파들이다.

왜? 친일파들이 국가의 주요 부서 곳곳에 똬리를 틀고 앉 아 있으니 가능한 것이다.

몽땅 도려내서 동해 바다에 수장시켰으면 좋겠지만, 오랜 세월 동안 단단하게 구축해 놓은 기반이라 사실 불가능에 가 깝다.

단적인 예는 또 있다.

학생들이 아무리 반대해도 친일파의 후손이 대학총장 자 리에 앉아 있는 것만 봐도 알 수 있는 일이지 않은가?

민족의 피를 빨아 잘 먹고 잘 배웠으니 그럴 만도 하다고 치자.

상아탑의 최고봉인 대학총장이라면 전문 교육자 이전에

지성인이다.

고로 사죄하는 마음으로 모든 재산을 사회에 환원하고 속죄의 길을 가야만 마땅함에도 불구하고 떵떵거리며 기득권층에서 노닐고 있으니 용서가 안 되는 것이다.

어쨌든 포기하지 말아야 하는 것이 인생이라지만 독립 유공자와 그 자손들로서는 극복하기가 결코 쉬운 일만은 아닐 것이다.

각설하고.

'어라? 진동수 사장이잖아?'

담용의 눈이 소눈깔만큼 커졌다.

진동수는 LD그룹의 후계자 중 한 사람으로, LD유통 사장이었다.

그뿐인가? 진동수의 뒤로 역시나 줄줄이 재벌 그룹 간부들이 들어서고 있는 것이 아닌가?

SY그룹, TS그룹, KA그룹 등등 이름만 들어도 알 만한 재벌 그룹의 경영진이라 부동산업을 하는 담용이 모를 리가 없었다.

재벌 그룹들의 비업무용 자산을 파악하던 중에 그룹의 오너들 정도는 대충 꿰고 있었던 덕분이다.

참석하고 있는 재벌 그룹들은 대부분 장수 기업이었다.

'아! 맞다, 이들이 친일 기업이었지!'

기억의 전도체를 건드려 보니 신문 기사에 본 이름들이 주르르 떠올랐다.

일제의 진주만 공격 시 비행기를 쾌척한 일과 안중근 의사에게 처단된 이토 히로부미를 추도하기 위해 조직된 국민대추도회의 발기인과 위원을 맡은 일, 전시 일본에 국방헌금을 납부하고 학병 권유 연설을 한 사실 등이 있었다.

'염병할…….'

인두겁을 쓰고 어찌 그럴 수가 있는가?

경제 부흥이고 뭐고 새삼 배신감이 느껴졌다.

물론 오랜 시간 국가 경제 성장에 이바지한 공로는 인정한다. 더해서 선대의 과오를 후대에 짊어지게 하는 것은 일견 가혹하게 느껴질 수 있음도 인정한다.

그런데 결정적으로 속죄하고 반성하는 기미가 없다는 것이 괘씸하다.

더 가관인 점은.

'소송도 했었지 아마?'

미래에 친일 명단이 작성됐을 즈음 '일제의 압력에 의해 어쩔 수 없는 행동이었다.'라며 친일 명단에서 빼 달라는 소송을 하는 것으로 알고 있는 담용이다.

그러나 부富의 세습이 이뤄지는 재계의 특성상 '친일'의 과거는 기업이 존속하는 한 떼어 낼 수 없는 꼬리표라는 지적이다.

그래서 이유 없음을 들어 기각됐다.

그리고 대부분의 친일 행각 중에도 주권을 빼앗긴 국가의 자주독립을 위해 목숨까지 바친 선조들이 있었던 점을 감안하면 이들의 항변은 그저 변명으로 치부될 뿐이라는 게 판결의 요지다.

이들은 또 3.1절이나 광복절 같은 일제시대, 우리 선조들의 민족정신을 기리는 국경일이 그리 달갑지 않은 몇몇 기업 중 하나이기도 했다.

앞으로도 '어찌하나?' 하고 지켜보는 것도 재미있을 것 같다.

'많이도 몰려오네.'

웬 친일파들이 이리도 많은가? 족히 백여 명은 되는 것 같다.

이런 숫자면 대한민국의 땅덩이를 쑥 뽑아 들고 일본에 '갖다 바친다'고 해도 틀린 말이 아닐 것 같다.

'어? 저 자식은…… 구동기로군.'

사복을 입은 구동기 치안감이 들어서고 있었다.

들어서자마자 굽실거리며 인사하기에 바쁜 구동기가 좌석 끄트머리쯤에 앉았다. 그러니까 출입구 쪽이다.

이들도 나름대로 서열을 있는 것 같았다.

'헐, 지방경찰청장급이 말단이라니…….'

뭐, 대부분 늙다리들이라 비교적 젊은 구동기가 말석에 앉는 거야 이상할 게 없지만, 이는 참석한 면면들이 대단한 직위에 있는 사람들이라는 것을 반증하는 것이기도 했다.

그런데 웃고 떠드는 분위기였지만 아직 뭔가 미진하다는 느낌이었다.

'뭐가 빠진 거지?'

드문드문 빈자리가 남아 있긴 했지만 꼭 그 이유만은 아닌 듯한 기분은 뭘까?

그때, 누군가 크게 외치는 소리가 들렸다.

"회장님께서 외빈들과 함께 입장하십니다!"

'뭐? 회장이라고?'

그 말을 듣자마자 담용의 눈이 좁혀지면서 환기구에 몸을 바짝 들이댔다.

좌정해 있던 사람들이 분분히 일어서는 것이 보였다.

그런데 단체의 회장을 맞는 자세가 어딘가 모르게 절도 있게 이뤄지고 있는 것 같아 담용의 입이 삐죽 올라갔다.

'푸헐, 무슨 군대도 아니고.'

구동기는 아예 가관이다. 경찰이란 것을 티라도 내는 듯 부동자세로 경례까지 취하고 있었으니 말이다.

그리고 보니 경찰인지 군인지 경례 자세를 취하고 있는 이들이 적지 않았다.

이는 군, 관, 경이 총망라되어 있다는 소리다.

'제길. 총체적 난국이로세.'

아무튼 앞장선 이는 지팡이를 든 노구의 인물로, 얼굴에 세월의 흔적이 고스란히 느껴지는 검버섯이 덕지덕지 묻어 있었다.

'누구지?'

기억 저편을 훑어봐도 전혀 떠오르지 않는 늙은이였다.

늙은이의 뒤를 따르고 있는 세 사람의 인상과 체구 그리고 걷는 폼으로 보아 우리나라 사람이 아님을 담용은 단박에 알아챘다.

'일본인이군.'

으레 그렇듯 셋 모두 호리호리한 체격에 전체적으로 갸름한 얼굴인 것만 봐도 딱 감이 왔다.

'재수가 옴 붙은 놈들이로세.'

하필이면 저승사자가 오는 날인 오늘 올 게 뭔가.

하기야 사나운 놈 옆에 있다가 봉변당하는 경우가 어디 여기뿐일까?

"회장님, 건강하셨습니까?"

대부분 묵례로 예의를 갖추는 가운데 70대 노인이 허리를 접고는 늙은이를 부축했다.

노인이 안내한 곳은 가장 상석인 자리였다.

담용이 목을 억지로 꼬아 가며 환기구 사이로 본 것은 명패였다.

회장 이치호

성씨를 확인하자마자 '이완용'이란 희대의 매국노가 떠올랐지만 오히려 의문만 가득해진 담용이다.

성씨가 같다고 전부 '우봉 이씨'일 리는 없지 않은가?

뭐, '우봉 이씨'라고 해서 모두가 그런 건 아니니 편협된 생각은 금물이다. 각 성씨마다 친일파가 없는 성씨가 오히려 드문 편이니까.

우리가 잘 아는 '육당 최남선'도 친일파에 이름을 올려놓고 있으니 말이다.

그렇다고 해도 친일파의 모임이라면 '이씨'란 성이 생판 관련이 없지 않으리라는 생각은 가시지 않았다.

'뭐, 내일 죽어도 이상하지 않은 노인네니 오늘 죽는다고 억울해하지는 마쇼.'

눈꼴이 신 담용의 심성이 조금 더 잔인해졌다.

그동안 무탈하게 호의호식하며 대접받고 살았으면 저 나이에 당장 죽는다고 해도 여한은 없을 것이다.

담용은 그것으로 위안을 삼으며 이목을 집중시켰다.

특히나 이치호와 그 주변 인물들의 대화에 귀를 기울이며 차크라의 기운을 운용했다.

혹시라도 중요한 정보를 접할 수 있지 않을까 하는 마음에서다.

'될까?'

의구심이 들었다.

투청력透聽力이라는 초능력이 있다. 이는 상대방의 대화를 훔쳐서 듣는 염력 수법이다.

다시 말해 목표 지점을 중심으로 쓸데없는 공간을 잘라 차단시키고 목소리가 전달되는 가장 빠른 코스로 선을 귀청까지 잇는 수법인 것이다.

그런데 담용은 이를 연마한 적이 없었다.

단지 지금은 무식(?)하게 차크라의 기운을 모조리 귀로 집중시켜 소란스러운 와중에도 이치호의 대화를 엿듣고자 하는 것이다.

투청력과 비슷한 '천리청'이란 것도 이와 유사한 수법이었지만 담용으로서는 아직 언감생심이다.

'거참, 무지 시끄럽네.'

잡음이 너무 많아 들리지 않는 건지 아니면 이치호가 말을 하지 않아 목소리가 잡히지 않는 건지 구분이 되지 않았다.

'끄응.'

앓는 소리를 내면서까지 차크라를 모조리 끌어올린 담용의 얼굴이 벌겋게 달아올랐다.

그제야 대화가 미미하게 끊기듯 실낱같이 들려왔다. 그런데 일본어다.

"크흠, 잘되어 가오?"

이치호의 늙수그레한 음성.

"준비는…… 거의 ……니다."

가느다란 음성, 이건 외빈으로 참석한 일본인이 내는 목소리다.

"저번처럼 실수는 ……되오."

"회장님이…… 덕분에……."

"내 단단히 부탁을……. 조심해……. 적극 협조를…… 거요."

"이번에는 쥐도 새도 모르게…… 진행하고……. 염려하지……."

"잘했소."

"그나저나 조금 빨리 승인을 내주셔야……."

"곧 승인이……."

"감사합니다. 사례는 비서 편에……. 그리고……."

"말하시오."

"좀 알아봐 줬…… 있습니다."

"말해 보시오."

"전번에 잃어버린……. 찾아야……."

"흠……. 그러지 않아도 알아봤소. 의심 가는…… 있소."

"호오! 거기가……."

"아직은…… 심어 놓은 사람이 있으니 ……겠소."

"회장님, 고맙습니다. 찾는다면 거기에 대한 사례는 꼭……."

"크흠흠, 아무튼 이번에는 잘 숨겨……."

여기까지 듣던 담용이 더는 참지 못하고 '푸아!' 하고 급히 숨을 몰아쉬며 헉헉댔다.

'후아아. 학학, 염병할 자식들. 조금 큰 소리로 말할 것이지.'

소곤거리는 걸 듣느라 심력을 적지 않게 소모한 담용이 연거푸 심호흡을 해 댔다.

심력을 소모한 만큼의 소득이 없었다는 것이 아쉬웠지만 대화 내용을 음미하며 복기할 여가가 없었다. 담용이 대화를 엿듣는 동안 연회장은 으레 하는 통상의 절차를 밟은 뒤 이내 회식과 여흥으로 이어지면서 시끌벅적해지기 시작했던 것이다.

'냄새를 맡으니 갑자기 속에서 요동을 쳐 대는군.'

환기구를 통해 각종 음식 냄새가 담용의 회를 동하게 했다.

그러지 않아도 새벽에 간식을 조금 먹은 뒤로 내내 빈속이었던 터라 음식 냄새를 맡자 꼬르륵거리는 소리가 났다.

다만 역겨운 것은 담배 냄새가 같이 묻어서 올라온다는 점이었다.

'조금만 더 참자.'

곧 경천지복할 일이 생길 터.

당장의 배고픔이 거기에 비할까.

그렇게 곤란 아닌 곤란을 치르는 동안 왁자지껄한 시간은 계속 흘렀다.

'엉? 웬 음악?'

담용은 음악 소리에 문득 연회실에 턱 높은 스테이지와 오르간 그리고 노래방 기기가 있었음을 기억해 냈다.

'호오, 이제부터 유희 시간이라 이거지.'

배도 채웠겠다. 술도 한잔 걸쳤겠다. 이제 남은 건 가무 시간이었다.

'그래, 신나게 즐겨라.'

담용은 이왕지사 기다린 것 조금 더 기다리기로 했다.

막간을 이용해 잠시 뒤뜰을 살폈다.

역시나 사람이 드나들지 않는 곳이라 아무도 없다.

냉방중이라 창문을 열어 놓은 곳도 없었다.

'시작하자.'

방충망의 매듭에 오른손이 닿음과 동시에 담용은 차크라를 운용해 염동 장막을 펼쳤다.

순간, 담용의 오른손이 움직이자 '툭' 하고 매듭이 풀리면서 방충망의 입구가 활짝 벌어졌다.

우웅! 우우웅! 웅웅웅웅─!

거의 이틀 동안 갇혀 있었던 성난 말벌들이 담용을 공격하기는커녕 떼를 이뤄 환기구로 날아갔다.

'헐, 서로 먼저 나가려고 난리로군.'

그만큼 레몬의 신맛에 환장하고 있다는 증거였고, 원수(?)인 담용은 안중에도 없다는 뜻이다.

'다행이네.'

염동 장막을 거둔 담용이 방충망을 챙기고는 대들보를 타고 잽싸게 환기창으로 다가갔다.

턱.

살짝 걸쳐 놓았던 환기창을 올린 담용은 밖으로 나와 물받이에 올려 둔 로프를 잡았다.

이어서 로프를 허리에 감고 벽체를 디딤판으로 삼아 매달리는 즉시 전동 드라이브를 꺼냈다.

환기창을 부착시킨 담용이 빠르게 볼트를 끼워 나갔다.

아직까지는 아우성이 없었다.

볼트는 모두 여덟 개. 담용이 여섯 개째 볼트를 끼울 즈음이다.

"으아아아~! 이, 이게 뭐야?"

"벌이다! 말벌이야!"

"벌 떼다~!"

"으아아아~!"

탁!

연회실에서 아우성을 질러 대든 말든 담용은 마지막 볼트를 끼우고는 로프를 출렁거려 갈고리를 잡아챔과 동시에 다리에 차크라를 집중시켰다.

가자미근이 불끈해지는 찰나, '터억!' 하고 벽체를 박찬 담용의 신형이 새가 되었다.

휘이이익.

한 마리 제비처럼 날아 계곡을 훌쩍 뛰어넘은 담용의 모습이 순식간에 수풀 더미에 묻혀 사라졌다.

담용이 사라지자마자 '와장창!' '콰자작!' 하는 소음이 연거푸 터져 나오면서 유리창이 박살 나고 등받이 의자가 밖으로 튀어나왔다.

"사, 사람 살려-!"

"버, 벌 떼다-!"

3층이라 차마 뛰어내리지 못하고 고함만 고래고래 질러대는 촌극이 연출되기 시작했다.

현관 역시 말벌 떼의 공격을 피해 서로 밀치며 먼저 뛰쳐나오려는 사람들로 인해 넘어지고 엎어지는 사태가 벌어졌다.

"어이쿠!"

"크으윽!"

"아앗! 내 다리!"

"앗! 따거, 따거!"

사회적 지위고 점잖은 체면이고 뭐고 지금은 아무런 소용도 없는, 그저 제 살기 위해 정신없이 허둥대는 꼴불견들을 적나라하게 보여 주고 있었다.

그러나 아무리 달아나도 소용없었다. 등짝에 레몬즙 향만 따라가는 말벌들이 끝까지 따라붙으며 독침을 쏘아 댔다.

부웅! 붕! 붕! 붕! 부우우웅!

사람들이 난리를 쳐 대자 말벌들이 더 사나워졌는지 날갯짓 소리가 엄청 거세진 느낌이었다.

중앙 계단은 물론 외부 통로를 통해 피해 달아나는 사람들을 사정없이 따라붙어 무자비한 공격을 해 대는 말벌들이다.

"이, 이게 대체 뭔 일이야?"

떠들썩한 소란에 주방에서 감독하던 안주인 손미경이 놀라 뛰쳐나왔지만, 이성을 잃고 날뛰는 사람들을 어찌할 도리가 없었다.

"사장님! 말벌 떼예요! 얼른 피하세요!"

"앗! 마, 말벌!"

이미 알아채고 식탁 밑에 몸을 숨긴 종업원의 악쓰는 소리에 손미경이 기함을 하고는 카운터 밑으로 숨어들었다.

우당탕! 쿵탕!

고꾸라지고 자빠지면서도 혼비백산한 사람들이 손을 마구 휘저으며 출구를 향해 내달렸다.

벌컥! 벌커덕!

출입문이 떨어져라 밀어붙인 사람들이 고함을 내질렀다.

"양 기사!"

"이 기사–! 차 문 열어!"

"장 기사! 빨리, 빨리 문 열어–!"

천신만고 끝에 밖으로 탈출한 사람들은 각자 자신들의 승용차로 피신하느라 길길이 날뛰었다.

하지만 이미 대여섯 방씩 쏘인 후이고 계속해서 말벌들이 달라붙고 있는 터라 때늦은 감이 있었다.

그야말로 백주 대낮에 난데없이 아수라장이 되어 버린 정궁한정식집은, 영업은 뒷전이 됐고 몸을 숨기느라 난리 북새통으로 변해 버렸다.

대형 사고

길도 없는 한적한 수풀 속에 주차된 밴의 문을 연 담용이 잽싸게 올라탔다.

"장 사장님, 속히 내뺍시다."

"옛!"

탁!

부아아앙-!

"이거 웃어야 할지 울어야 할지 갈피를 잡기 어렵네요."

"웃으세요. 나라에 전혀 도움이 안 되는 족속들이라 저는 속이 다 시원합니다."

"하하핫, 저도 그렇습니다."

장지만은 이게 좋다.

사람이 죽을 수도 있다는 말을 할 법도 했건만, 무조건 동조하고 나서는 것이 담용의 마음을 편하게 해 주었다.

"이제 어디로 갑니까?"

"아, 휴대폰 좀 빌려주세요."

"여기 있습니다."

역시나 군말이 없는 장지만이다. 장지만의 휴대폰을 이용하는 것은 정 팀장이 담용과 통화한 사실이 없어야 하기 때문이었다.

'정 팀장이 어딨지?'

이제는 알리바이를 만들어 놓을 차례였다.

휴대폰으로 정광수에게 연락을 했다.

−예, 정상습니다.

"육담용입니다."

−아! 끝나셨습니까?

"예, 깔끔하게요."

−아하하핫, 수고하셨습니다. 결과는요?

"내빼기에 바빠서 아직은 모릅니다."

−아, 아.

"뉴스에 나오지 않을까요?"

−그렇겠네요. 워낙 거물들이라 기자들이 놓칠 리가 없겠지요.

"지금 어디 계십니까?"

-인천 차이나타운입니다.

"차이나타운요? 거긴 왜……?"

-닌자와 야쿠자 들을 추적하다 보니 이곳이네요.

"예? 두 패거리가 힘을 합쳤단 말입니까?"

-그런 것 같습니다.

"도해합명회사는요?"

-흑사회에 노출됐으니 아무래도 비워야 하지 않을까 싶습니다.

"흠, 거기 놔두고 감시하기가 편했었는데……."

-사채업 사무실이니 다른 곳으로 옮겨도 금방 알아낼 수 있지요.

"그야……. 그럼 흑사회가 차이나타운으로 갔다는 얘기군요."

-그건 아닙니다. 흑사회는 대림동으로 갔습니다. 김창식 요원이 지금 거기 있거든요.

"어? 그럼 뭐죠?"

-제 생각엔 흑사회의 근거지를 몰라서 무조건 이곳으로 온 걸로 보여집니다. 나름 유명하잖습니까?

인천 차이나타운이 그중 가장 발달된 곳이라 판단한 듯했다.

"흠, 그럴 수도 있겠네요. 아무튼 그쪽으로 가겠습니다. 혹시 연락이 온 건 없습니까?"

-아, 차 과장님이 담당관님을 찾는 전화가 있었습니다.

"저를요?"

　-예, 지금 잠입한 상황이라 휴대폰을 꺼 놨다고 했습니다. 당연히 이곳 차이나타운의 상황을 보고한 상태고요.

　아예 우이동계곡과 연관이 되지 않도록 연막을 쳤다는 얘기다.

"흐흐흣, 잘하셨습니다."

　-후후훗, 그 정도야 뭐…….

"그냥 저를 찾기만 했습니까?"

　-예, 작전이 끝나는 대로 전화를 해 달라고 했습니다.

"알겠습니다. 가능한 빨리 가도록 하지요."

　-기다리죠.

　담용이 밴을 타고 줄행랑을 놓고 있을 때, 종로에 위치한 중추회 본부 사무실은 연이어 걸려오는 전화로 몸살을 앓고 있었다.

　사무원들 중에 가장 목소리가 큰 사람은 총무인 장무수였다.

"뭐라고요? 다시 한 번 말해 봐요! 회장님께서 어떻게 됐다고요?"

―말벌에 쏘여서 위독하시다고 하잖아!

"위, 위독하시다고요?"

―그래, 지금 상태가 엄중하셔! 일을 당할지도 모를 정도로!

"대, 대체⋯⋯."

장무수는 회합에 참석한 회장이 난데없이 위독하다는 말에 정신이 다 없었다.

"부, 부회장님, 벼, 병원은 어딥니까?"

―아직 몰라! 지금 하 전무가 모시고 갔으니까.

"정 기사는 뭐 하고요?"

―뭐 하긴 뭐 해! 회장님과 하 전무를 태우고 가는 중이지.

"하! 회장님이 벌에 쏘이시다니! 다들 뭐 하고 있었단 말입니까?"

―후우! 여긴 난리다. 말벌 떼가 천장에 집을 지었던 것 같다. 지금 벌에 쏘이지 않은 사람이 없을 정도라고!

"부회장님은요?"

―나 역시 두 방이나 맞았어!

"헐! 그럼 빨리 병원으로 가서 치료받으십시오!"

―이봐, 장 총무, 지금 그게 문제가 아니라고!

"예?"

―이런 답답이를 봤나!

"역정만 내지 마시고 제대로 말씀해 주십시오."

―후우―! 내 생각엔 응급치료가 늦으면 사망자가 수월찮게 나올 것 같은 예감이다.

"뭐라고요? 사망자가 생길 거라고요?"

―그래. 구급차를 불렀지만 쓰러진 사람들이 한두 명이 아니야. 얼굴이 찐빵처럼 부푼 사람들이 의식을 잃기 시작했단 말이다. 그것도 수십 명이나 된다고! 여긴 지금 아수라장이란 말이다!

"……!"

―그래서 말인데. 장 총무는 여길 걱정하기보다 언론에만 신경을 쓰도록 해야겠어.

"어, 언론이라면……. 보도를 막으라는 겁니까?"

―바로 그거야. 우리 모임을 눈엣가시처럼 여기는 사람들이 지금 이 상황을 어떻게 생각하겠어?

"아! 예……. 그렇지만 그 많은 언론은 수습하려면……?"

―아무래도 회장님은 목숨을 보전하시지 못할 것 같다. 연세가 있으신 데다 집중 공격을 당해서 말이다. 기식이 엄엄한 상태에서 실려 갔단 말일세.

"아, 아……."

장무수는 까마득해지는 의식을 가까스로 붙들며 악을 쓰듯 소리쳤다.

"아, 안 됩니다! 회장님이 돌아가시면 안 된다고요!"

―내 마음인들 자네와 다를 것 같나? 하지만 지금 상황이

그런 걸 어쩌겠나?

"부회장님, 무조건 살리십시오. 반드시 살리셔야 합니다!"

－이 사람아, 나도 자네만큼 급해! 일단 병원으로 후송했으니 두고 보자고. 그래도 자네가 할 일은 해야지 않겠나?

"마, 말씀만 하십시오."

－내가 부회장으로서 지시하는 거니까 돈이 얼마가 들든 상관없으니 지금부터 빨리 움직여! 늦으면 이 기회를 호기로 삼은 놈들이 얼씨구나 하고 달려들 거라고! 특히 광복회가 가만히 있겠냐고! 그러니 정신 바짝 차리고 무조건 막아!

"아, 알았습니다. 그럼 언론은 제가 막아 볼 테니, 그쪽은 부회장님께서 맡아 주십시오."

－그나마 내가 몸이 성한 편이니 그래야겠지. 빨리 움직이게.

"알겠습니다."

철컥!

"하아! 이, 이게 웬 날벼락이람."

잠시 정신이 멍했던 장무수가 히스테리 환자처럼 버럭 소리를 질렀다.

"미스 김! 직원들 전부 집합시켜!"

"네!"

"빨리!"

"네에－!"

연거푸 소리를 지른 장무수가 급하게 전화기 버튼을 눌렀다.

－최기한입니다.

"최 기자, 나 장 총무요."

－어이쿠! 고매하고도 고매하신 장 총무님이 어쩐 일이오?

"지금 한가하게 농담할 시간이 없소."

－어? 왜 이리 급하실까?

"급하게 부탁할 일이 있소."

－어? 뭔 일이 생긴 거요?

"오늘 우리 회원들의 회합이 있는 날인 거 알지요?"

－어? 벌써 그렇게 됐나? 아무튼 그래서요?

"사실……. 지금 회합 장소에 말벌 떼가 기습해서 회원들이 위험에 처했다고 하오."

－헐－! 회합 장소를 벌 떼가 공격했단 말이오?

"난 사무실에 있어서 연락만 받은 상태라 상황이 어떤지는 잘 모르오만, 부회장님 말씀이 생명이 위태위태한 회원도 있다고 하니 아무래도 큰 탈이 난 모양이오."

－그런 일이? 회장님은 어떻게 됐……. 아니지. 가만! 우리 부사장님도 참석한 걸로 아는데 그분은 어떻게 됐소?

"장 부사장님 소식은 들은 바가 없소만 비서가 같이 갔을 테니 곧 소식이 들어올 게요. 내가 하고 싶은 말은 당장 이런 사실이 보도가 되지 않도록 통제해 달라는 거요."

─아! 그렇지.

"부탁하오."

─사고가 언제 일어난 거요?

"아마 길어야 10분 남짓일 거요."

부회장인 조성찬이 사건의 심각함을 인지했다면 머뭇거리
지 않고 연락했을 것을 감안한 시간 추정이었다.

하지만 말벌 떼의 공격을 피하느라 30분이나 늦게 연락한
것임을 장무수는 알지 못했다.

고로 뒷북을 치는 격인 셈이다.

"그렇다면 가능할 거요. 일단 끊읍시다. 빨리 조치를 취해
야 하니……."

"최 기자, 한민족일보를 꼭 붙들어 놓으시오."

─거긴 자신 없소. 하나같이 외골수들이라…….

"돈은 얼마가 들어도 상관없으니 필을 꺾어 놓도록 하시
오."

─일단 보내 보쇼. 해 보는 데까지는 해 봐야죠. 하지만 질
러도 안 넘어오면 나도 어쩔 수 없었다는 걸 아시오.

"그야……."

─끊소.

장무수가 통화를 하는 사이 사무실에는 직원들이 모두 모
여 있었다.

"모두 잘 들어! 지금부터 비상근무에 들어간다. 간단히 말할 테니 그대로 실시해."

여기까지 빠르게 말을 내뱉은 장무수가 갑자기 미간을 찌푸리며 휴대폰을 들었다.

어디서 전화를 해 온 것이다.

'젠장, 벌써…….'

조금 껄끄러운 상대에게서 온 전화였는지 휴대폰을 다시 주머니에 넣고는 말을 이었다.

"비상 상황이니 간부들 외의 직원들은 당장 보따리 싸서 집으로 가. 별도의 지시가 있을 때까지 출근하지 않는다. 어서 가!"

영문을 모르는 직원들이었지만 싫지는 않았는지 분분히 실내를 빠져나갔다.

"이장호, 너는 직원들이 모두 퇴근하는 즉시 셔터 내려!"

"예."

이장호가 나가자 남은 사람은 장무수를 포함해 다섯 사람이었다.

"모두들 내가 이러는 것이 이상할 것이다. 이유는 오늘 우이동계곡 모임에서 큰 사고가 일어났기 때문이다. 그래서 취하는 조치이니 그렇게 알도록. 그리고 회장님을 포함한 어르신들이 지금 말벌 떼의 공격에 위험에 처했다고 한다."

"예? 말벌 떼의 공격을 받았다고요?"

"그래. 부회장님 말씀으로는 생명이 경각에 달한 어른들도 있다고 하니 일이 심상치 않은 것 같다."

"그럼 오늘 모임은 엉망이 됐다는 말이군요."

"아마도……. 그러니 지금부터 사무실에 걸려오는 전화는 물론 휴대폰도 무조건 받지 말고 걸러서 받도록 해. 특히 매스컴과의 접촉은 절대 금물이니 이 점을 잊지 말도록."

"알겠습니다."

"직원들이야 알지 못하지만 우리 중추회는 친일본파다."

사실은 모두 친일파들의 후손들이었지만 친일본파라고 순화해서 말하고 있었다.

"우리에게 좋지 않은 일이 있을 때 가장 좋아할 곳이 바로 우리와 사사건건 부딪치고 있는 광복회다. 물론 우리를 눈엣가시처럼 여기는 단체들 역시 그럴 것이고. 더구나 우린 지금 대항을 하려고 해도 어른들이 부재중이라 몸을 사릴 수밖에 없다. 그래서 우리가 할 수 있는 일만 한다. 김양호!"

"예, 총무님."

"신문 보도는 내가 막는다고 막았다. 그러나 방송은 확신할 수가 없다. 방송국에서 이번 사건에 대해 패널들을 초청할 수가 있다. 무슨 말인지 알겠지?"

"방송국에 패널로 초청할 사람을 우리가 선정한 사람으로 넣으라는 말 아닙니까?"

"바로 그거야. 그러니 빨리 움직여!"

"알겠습니다."

"좋아. 모두 며칠이 걸릴지 모르니 먹을 걸 좀 준비해 둬, 난 회장님의 근황을 알아볼 테니까. 서둘러!"

"옛!"

담용이 인천 차이나타운 건너편인 인천역에 도착해 정광수와 조우한 시각은 오전 10시 30분경이었다.

당도하자마자 차민수에게 전화부터 건 담용은 무슨 말을 들었는지 깜짝 놀랐다.

"예? 찾은 것 같다고요?"

그 말을 해 놓고 궁금증을 드러내는 정광수에게 어퍼컷을 날려 보이는 담용이다.

이에 담용과 눈을 마주치던 정광수도 입이 귀에 걸리면서 마주 주먹을 흔들어 보였다.

이유는 고대하던 야쿠자 자금, 즉 대화금고로 송금된 돈이 포착된 것이다.

─하하핫, 아직은 심증이긴 합니다만 육 담당관이 소식을 목마르게 기다리는 걸 알기에 중간보고를 하는 겁니다.

"아하하핫, 정말 수고하셨습니다. 쉽지 않았을 텐데 말입니다. 어디로 예상하고 있는 겁니까?"

─대덕산업단지 안에 숨겨 놓은 것으로 판단됩니다.

"산업 단지라면 창고 같은 큰 건물이 많겠군요. 그런데 거기를 지목할 만한 근거가 있습니까?"

─거기가 맞는다면 정말 교묘한 방법을 썼다고 볼 수밖에 없습니다.

"어, 어떻게요?"

─트럭이나 탑차가 아닌 탱크로리를 이용한 것 같아서요.

"에? 태, 탱크로리요?"

─산업 폐수처리와 관계가 있는 것으로 보입니다.

"예⋯⋯?"

─폐수처리를 하려면 생산 품목과 원료의 종류에 따라 전처리를 실시하게 되는데, 여기서 생물학적 처리에 영향을 미치는 물질들을 제거하는 미생물이란 원료가 필요합니다. 바로 액체지요. 그걸 외부에서 들여오게 되는데⋯⋯. 그래서 전국의 모든 도로의 2.5톤 이상의 차량 이동을 감시 카메라를 통해 살펴보던 중에 회덕분기점을 지나서 대덕산업단지로 향하는 탱크로리가 유난히 많다는 것을 알게 됐지요.

"산업 단지라면 탱크로리가 드나드는 것이 이상할 게 없지 않습니까?"

─우리도 처음에는 그렇게 생각해서 무심히 지나쳤지요. 더구나 대덕산업단지가 지난 4월에 폐수 종말처리장을 인수해 운영하기 시작해서 폐수처리 원료가 많이 필요할 것이라

고 여겼고요.

"그런데 왜……?

－하핫. 저희도 그 부분에서 무지 헷갈렸습니다. 팔레트로 666개나 되는 돈을 옮기려면 보통은 탑차나 곡물 차량을 이용할 것이라는 고정관념을 가졌었지요. 근데 그걸 깨고 살펴보니 이건 정도가 너무 지나치다는 걸 알아냈지요.

"아하! 그래서요?"

－일단 섣불리 손을 쓰기보다는 산업단지관리공단 이사장부터 조사를 하기 시작했지요.

"아, 아. 무슨 말인지 대충 감이 오네요."

혹시라도 공단이사장이 야쿠자들과 관계가 있는지부터 조사하겠다는 얘기다.

관계가 있다면 이사장의 권한으로 공단과 하등 관계도 없는 탱크로리의 출입이 자유로울 수도 있기 때문이다.

－후후훗. 산업자원부를 통해 스케줄을 알아보니 오늘 모임에 참석할 것이라고 하더군요.

'응? 모임?'

담용은 모임이란 말에 혹시나 하고 물었다.

"모임에 대해 알고 있는 게 있습니까?"

－아! 공단이사장이 친일파라면 아마 오늘 우이동계곡의 한정식집에 있을 겁니다.

'역시.'

국정원에서 중추회란 단체를 모르고 있을 리가 없다.

-제 말을 듣고 짐작되는 게 없습니까?

"관리공단이사장이 친일파이니 야쿠자의 돈을 은닉하는데 도움을 줬을 거란 말이죠?"

-하하핫. 맞습니다.

"듣고 보니 의심이 많이 가네요. 그런데 오늘 모임이 우이동계곡에서 한다는 걸 어떻게 아는 겁니까?"

담용은 시치미 뚝 떼고 되레 반문했다.

-매년 이맘때면 중추회라는 친일파들의 정기 모임을 거기서 하거든요. 웬만한 정치 권력자들은 다 알고 있는 사실이니 새로울 것도 없죠.

"이제는 아예 대놓고 모임을 갖는군요."

-정치적으로나 권력 그리고 재물로 그들을 억누를 수 있는 단체가 없으니까요. 만약 그랬다가는 그 단체나 개인은 다음 날 엉망이 되거든요.

"보복을 한단 말입니까?"

-그렇죠. 그런데 심증은 가는데 증거가 없는 거지요. 당연히 수사도 흐지부지될 수밖에요.

'썩을. 이게 무슨 개 같은 경우야?'

"제가 나서면 안 되겠습니까?"

슬쩍 찔러 보는 담용이다. 되면 좋고 안 되도 그만이다. 오늘처럼 처리해 버리면 되니까.

─연구해 보지요. 안 그래도 눈엣가시 같은 놈들이 설치는 걸 보면서 배알이 꼬이고 있는 중이니까요.

"그렇다면 명단을 전부 넘겨주지 그래요?"

─하하핫, 육 담당관이 일반인들에게야 드러나 있지 않지만 저 위쪽에 알고 있는 분이 있어서 눈치를 챌 겁니다.

"그렇다면 방안을 강구해 보십시오."

─그러죠. 새로운 소식이 있으면 다시 연락드리지요.

"예, 수고하십시오."

탁!

"어디랍니까?"

지대한 관심의 눈빛으로 엿듣던 정광수가 성급하게 물어왔다.

"대덕산업단지랍니다."

"대덕? 짜식들이 이번엔 제법 먼 곳을 택했군요. 근데 탱크로리는 또 뭡니까?"

"돈을 팔레트로 옮기지 않고 탱크로리로 옮기는 중인 모양입니다."

"오호, 제법 머리를 굴렸는데요?"

"뭐, 아직은 심증일 뿐이지만 제 생각에는 확실할 것 같습니다."

"공단이사장 역시 친일파고요?"

"예. 이번 모임에 참석한 걸 보면 공단이사장이 관여한 것 같습니다."

'이건 확실해.'

담용이 확신하는 것은 이치호와 일본인의 대화에서도 유추할 수 있는 일이었기 때문이다.

띄엄띄엄 들은 대화였지만 그럴 만한 부분이 있었다.

－내 단단히 부탁을……. 조심해……. 적극 협조를…… 거요.

－이번에는 쥐도 새도 모르게…… 진행하고……. 염려하지…….

아울러 사금융을 제도권으로 만드는 승인을 독촉하는 대화 역시도 있었다.

－그나저나 조금 빨리 승인을 내주셔야…….

－곧 승인이…….

－감사합니다. 사례는 비서 편에…….

또 한 가지 정보는 둘의 대화로 보아 국정원에도 일본 앞잡이가 있을 것이라는 추측이었다.

－좀 알아봐 줬…… 있습니다.

-말해 보시오.

-전번에 잃어버린⋯⋯. 찾아야⋯⋯.

-흠⋯⋯. 그러지 않아도 알아봤소. 의심 가는⋯⋯ 있소.

-호오! 거기가⋯⋯.

-아직은⋯⋯. 심어 놓은 사람이 있으니 ⋯⋯겠소.

-회장님, 고맙습니다. 찾는다면 거기에 대한 사례는 꼭⋯⋯.

야쿠자들이 이전에 강탈당했던 돈을 아직도 포기하지 않고 찾고 있다는 내용의 대화임이 틀림없었다.

"아! 그런데 계속 궁금해하던 것이 있는데 말입니다."

"하하핫, 친일파들을 어떻게 골탕 먹였냐 이거죠?"

"예, 궁금해서 미치겠습니다."

"좀 참으십시오. 곧 뉴스로 확인할 수 있을 테니까요."

"이거 참⋯⋯."

담용의 말대로 장무수의 바람과는 달리 말벌 떼의 공격은 채 2시간도 지나지 않아서 방송을 타고 말았다.

정광수의 지시로 근처 다방에서 커피를 홀짝이며 뉴스만 나오기를 기다리던 최갑식이 득달같이 달려와서 알렸다.

"팀장님, 뉴스에 급보가 떴습니다."

"어? 그래?"

"예. 담당관님은요?"

"글쎄다. 갑자기 급한 일이 생겼다면서 장 사장 차를 타고 먼저 가셨어."

"그럼 우리도 가야 하는 거 아닙니까? 놈들의 근거지를 파악해 놨으니 이제 AP들에게 맡겨도 될 겁니다."

"뉴스를 보고 가려고 지체하고 있었던 거야. 무지 궁금했거든."

사실이 그랬다.

얼핏 듣기로는 친일파 놈들이 중상 아니면 사망할 수도 있다고 했다.

그럼에도 증거는 물론 그 어디에도 타살이라는 흔적을 찾기 어려울 것이란다.

이러니 만사를 제쳐 놓을 정도로 궁금하지 않을 수 있겠는가?

이게 작은 일이라면 몰라도 알게 모르게 대한민국을 들었다 놓았다 할 정도로 막강한 권력과 정치력을 지니고 있는 친일파 단체의 사건인 이상, 한동안 시끌벅적할 것은 틀림없는 사실이었다.

"그럼 빨리 가시죠. 광고 시간이 거의 끝났을 겁니다."

"그래."

근처에 TV를 시청할 마땅한 곳이 없어 최갑식에게 이끌려 들어선 곳은 지하에 있는 다방이었다.

때마침 정광수의 귀로 이제 막 시작된 듯한 브레이크 뉴스가 흘러나오고 있었다.

전형적인 시골 다방의 분위기와 냄새를 느껴 볼 사이도 없이 정광수는 여성 앵커의 말에 귀를 기울였다.

─……다고 합니다. 현재까지 사망자는 모두 아홉 명으로 집계되고 있다는 소식입니다.

'헛! 아, 아홉 명이 죽었다고?'

정광수의 입에 쩍 벌어지면서 뇌리로 오만 가지 생각이 드나들었다.

사망자가 아홉 명이라면 결코 작은 일이 아니다.

'으으…… 대체 무슨 일을 저지른 거야?'

정광수는 자신도 모르게 소름이 돋으며 절로 으스스해져 한기가 등골을 차고 오름을 느꼈다.

─사망자 대부분은 고령의 나이인 일흔 살 이상의 노인들이며, 모두 병원으로 후송되는 도중에 이미 숨을 거두었다고 합니다. 자세한 사정은 사건이 발생한 현장에 나가 있는 채영수 기자를 불러서 알아보겠습니다. 채영수 기자?

호출과 동시에 화면에 가지런히 정리된 삼림에 묻혀 있는 궁궐 같은 한정식집의 모습이 잡혔다.

그러나 한정식집 이름은 모자이크 처리가 된 상태였고 출동한 경찰들이 띠를 이루어 사람들의 접근을 막고 있는 모습도 보였다.

하지만 미처 방충망 같은 안전 장구를 준비하지 못해서인지 한정식집과는 멀찌감치 떨어져 있는 모습이다.

기자인 듯한 사내가 얼굴에 방충망을 둘러쓴 상태에서 마이크를 입으로 가져가고 있었다.

살벌한 현장이었지만 기자는 우습게도 방충망이라기보다 어디서 급히 모기장을 빌려 대충 둘러쓴 꼴이었다.

－예, 우이동계곡의 사건 현장에 나와 있는 채영수 기잡니다.

－채 기자, 방충망을 쓰고 있는 걸 보니 말벌 떼의 습격이 아직도 진행 중인가 보군요.

－예, 그렇습니다. 지금은 그리 심한 편은 아닙니다만, 아직도 말벌들이 본 기자의 주위를 돌고 있는 중입니다.

－지금 방충망이 너무 허술한 것 같으니 조심하십시오.

－예, 조심하려고 노력 중입니다.

－너무 위험해 보여서 빨리 진행해야겠네요. 도대체 어떻게 된 일인지 말씀해 주시죠?

－본 기자가 와 있는 곳은 한정식집으로 지금 말벌 떼의 공격으로 아수라장이 되어 있습니다. 화면에 보이듯이 미처 구급차에 실려 가지 못한 피해자들이 군데군데 쓰러져 있습니다.

기자의 말대로 정신을 놓았는지 미동도 하지 않거나 겨우 몸을 가누며 꿈틀거리거나 엉금엉금 기거나 하는 사람들이 적지 않았다.

그런 상황임에 불구하고 사람들을 구하려는 행동을 보이는 자들은 아무도 없었다.

－채 기자, 저분들이 위독한 상태인데 왜 빨리 구하지 않고 있는지요?

－아, 아직도 말벌 떼가 떠나지 않고 있는 상황이라 어쩔 수 없이 손을 놓고 있는 것입니다. 구급대원들조차도 말벌의 공격에 속수무책인 상태이지요.

－구급대원들도 손을 쓰지 못하고 있다고요?

－그렇습니다. 말을 들어 보니 119 신고에 혼선이 온 탓이라고 합니다. 즉, 단순히 벌에 쏘였다는 신고와 함께 사람이 위독하다며 빨리 와 달라고만 급하게 소리를 치는 바람에 구급대원들이 미처 준비를 하지 못하고 현장에 당도하다 보니 이런 일이 발생한 것이지요. 그래도 다행인 점은 일부 구급대원들은 제대로 신고를 받은 상황이라 환자들을 실어 나르고 있다는 것입니다. 더욱이 수사진들 역시 현장에 접근하지 못하고 있는 상태이기도 합니다.

－그렇다고 저분들을 그대로 두면 안 되지 않습니까?

－그래서 지금 방충망을 구해 현장으로 오고 있다고 하니 더 늦지 않았으면 하는 바람입니다.

바인더북

"대체 근원지가 어딥니까?"

—사건의 발단이 된 곳은 저기 보이는 3층의 천장입니다.

카메라가 움직이더니 한식집 3층을 비췄다.

'헛! 완전 전쟁터로구만.'

내심 헛바람을 들이켠 정광수의 눈에 3층에 유리창이란 유리창은 죄다 박살 나 있는 것이 들어왔다.

거기에 의자며 탁자가 걸쳐져 있는 모습도 보였다.

아마도 어떻게든 탈출을 시도하려고 한 것으로 보이는 처참한 광경이었다.

—보시다시피 3층은 말 그대로 엉망진창입니다. 3층은 오늘 어떤 단체의 회합이 있었던 장소라고 합니다.

—아, 회합 장소였군요. 모임 이름이 뭐죠?

—그건 아직 알 수 없습니다. 주인인 손 모 씨도 입을 꾹 다물고 있어서 아직 알아내지 못했습니다. 다만 연령대가 다양한 것으로 보아 연합 회합 성격의 모임이 아닌가 여겨집니다. 그것은 밝혀지는 대로 알려 드리도록 하겠습니다.

—채 기자, 말벌 떼가 어떻게 해서 실내로 들어온 거죠?

—아! 천장입니다. 그러니까 천장 마감재 위의 공간에 말벌 떼가 집을 짓고 있었던 것 같습니다. 아직은 경찰이 접근을 통제하고 있는 상태라 볼 수가 없습니다만, 역시 확인이 되는 대로 알려 드리도록 하겠습니다.

—채 기자, 벌에도 종류가 있다고 합니다. 어떤 말벌입니

까?

─아, 중요한 사실을 말씀드리지 않았군요. 장수말벌입니다.

─장수말벌요?

─그렇습니다. 말벌 중에서도 가장 사납고 덩치가 크다고 하는 장수말벌입니다. 장수말벌에 서너 방만 쏘여도 목숨이 위태롭다고 할 정도로 지독한 독을 지니고 있다고 합니다. 여기…… 한번 보시죠.

채영수 기자가 죽은 장수말벌에 카메라를 들이댔는지 화면에 크게 잡혔다.

─화면에 보이는 것처럼 다른 말벌보다 큽니다. 거기에 사납기까지 한 놈이 장수말벌이지요. 장수말벌로 인해 이렇게…… 현장은 아수라장입니다. 그만큼 당시 상황이 얼마나 험악했는지를 보여 주고 있는 것이죠.

─알겠습니다. 채 기자, 다시 연결할 테니 빨리 안전한 곳으로 피하십시오.

─알겠습니다. 우이동계곡 현장에서 채영수 기자였습니다.

화면이 다시 스튜디오로 바뀌고 여성 앵커가 슬쩍 곁눈질을 하고는 말을 이었다.

─시청자 여러분, 방금 보신 바와 같이 우이동계곡 현장은 아직도 위험이 도사리고 있는 지역이니 가까이 접근하지 마

시기 바랍니다. 이번에는 말벌에 쏘인 분들이 가장 많이 후송되어 있다는 강북 S병원으로 가 보겠습니다. 김한솔 기자, 나와 주십시오.

TV 화면이 단번에 바뀌면서 강북에 소재한 S병원 건물을 정면으로 비추고 있는 모습이 잡혔다.

호출하는 말을 바로 알아듣지 못했는지 포니테일 머리 모양을 한 김한솔 기자가 옷매무새를 다듬다가 카메라에 사인이 들어오자 얼른 마이크를 입에 대고는 입을 열었다.

－예. 강북 S병원에 나와 있는 김한솔 기잡니다.

－김 기자, 말벌 떼의 습격으로 인명 피해가 많다고 하는데, 어떻게 된 상황인지 자세히 알려 주시죠?

－네, 지금 본 기자가 나와 있는 S병원은 긴급히 후송되는 환자들로 인해 전쟁터를 방불케 하고 있습니다. 그만큼 생명이 위독한 중환자들이 많다는 것입니다. 이는 현재까지 사망자가 열한 명으로 늘어난 것으로도 알 수 있는 일입니다.

－김 기자, 조금 전까지 아홉 명이라고 하지 않았나요?

－그랬습니다만 방금 두 명이 늘어나 열한 명이 됐습니다. 이렇듯 시시각각으로 늘어나는 사망자로 인해 의사들이 비상 상태에 들어간 상황입니다. 본 기자가 좀 더 자세한 보도를 위해 사태 파악을 해 보려 했지만 말도 붙여 보지 못할 정도여서 포기하고 말았습니다. 단지 한 가지 알 수 있었던 점은 적게는 대여섯 번, 많게는 열 번 이상 장수말벌의 독침에

쏘였다는 것입니다.

－그렇게 많이 쏘였다면 장수말벌의 숫자가 어마어마했다는 말이군요.

－말씀대로 그렇게 예측이 되는데요. 본 기자 역시 장수말벌에 대해 아는 게 많지 않아서…….

김한솔 기자의 보도 도중에 그녀의 뒤로 요란한 사이렌 소리와 동시에 구급차 세 대가 급브레이크를 밟으며 도착했다.

－김 기자, 또 급한 후송 환자들이 들어온 것 같군요.

－그렇습니다. 본 기자가 세어 본 결과, 방금 들어온 구급차 세 대까지 합쳐 스물한 대의 후송 차량이 왔다는 겁니다. 아! 또 들어오고 있군요.

에에에엥! 에에엥. 엥－!

이번에는 무려 여덟 대의 구급차가 도착했다.

이어 대기하고 있던 의사와 간호사 들이 부리나케 달려들어 환자들을 들것에 실어 응급실로 향했다.

그런 와중에 사내 한 명이 급하게 다가와 머리를 숙이고는 김한솔 기자에게 쪽지를 내밀었다.

쪽지의 내용을 본 김한솔 기자의 표정이 굳어 버렸다.

－김 기자, 무슨 쪽지죠?

－바, 방금 세 명이 또 숨을 거두었다는 내용입니다.

－아－! 애석하군요. 그렇다면 사망자가 열네 명으로 늘어난 셈이군요.

-그렇습니다. 또 얼마나 사망자가 더 나올지 그것이 걱정
입니다.

　-우이동계곡 현장에 노인들이 많았다면서요?

　-예. 그래서 더 우려가 되는 상황입니다. 본 기자는 말벌
이 정말 무섭다는 것을 오늘에야 실감하고 있습니다.

　-김 기자, 안타깝고 슬픈 일이지만 계속해서 소식을 전해
주기를 부탁하고요. 그리고 사망자의 인적 사항이 나오는 대
로 연락을 주시기 바랍니다.

　-알겠습니다. 강북 S병원에서 김한솔 기자가 전해 드렸
습니다.

　다시 화면이 바뀌고 여성 앵커의 모습이 나타났다.

　-시청자 여러분, 무척이나 당혹스러우실 줄 압니다. 본
아나운서가 전문가에게 들은 바로는 장수말벌이 말벌들 중
에서 가장 무서운 벌이라고 합니다. 더구나 지금, 그러니까
8월에서 10월 사이가 한창 독이 올랐을 때라고 하니, 등산이
나 벌초 시에 주의하셔야 합니다. 특히나 장수말벌은 꿀벌의
천적임은 물론 같은 말벌들의 집을 습격할 정도로 사납다고
하니 벌집을 발견했을 경우 절대 건드리지 말고 멀리 돌아서
갈 것을 부탁드립니다. 그럼 잠시 후에 급하게 모신 전문가
분들과 이번 사건에 대해 심도 있는 말씀을 나눠 보도록 하
겠습니다.

　스튜디오 화면이 바뀌고 광고가 나오면서 속보가 끝났다.

얼이 빠진 듯 얼굴이 백짓장이 된 최갑식이 정광수를 쳐다보았다.

"티, 팀장님⋯⋯."

"나가서 얘기하지."

"아, 예."

정광수의 표정이 굳은 것을 본 최갑식이 말없이 뒤따르며 다방을 나왔다.

그야말로 정부도 국회도 검찰, 경찰 할 것 없이 발칵 뒤집힐 사건을 '촌틱'한 다방에서 언급한다는 게 말이 안 된다고 여긴 정광수가 정색을 하고 말했다.

"일이 너무 커졌다. 모두 입을 굳게 닫아야겠어."

"사망자가 너무 많습니다. 더 생길지도 모르고요."

"나라에 하등 도움이 안 되는 족속들이다. 그 자식들 땜에 애먼 피해자들이 얼마나 많았었는지를 먼저 생각해. 그러면 마음이 조금 나아질 거다."

"그, 그렇긴 하죠. 뭐, 표면에 드러나지 않았을 뿐이지 관여하지 않는 곳이 없을 정도로 행패가 심했던 작자들이라 동정도 안 갑니다."

"속은 시원하다만 어째 찝찝하군."

"사람이 죽었으니까요."

"구 요원 불러. 회사로 가면서 얘기하자고."

"옛!"

털컥.

빠른 걸음으로 밴에 다가선 담용이 차 문을 열었다.

"갑시다."

탁!

"싹 다 닦았습니까?"

"닦는다고 했는데 잘 모르겠습니다."

담용이 일을 저지르고 나서 아차 싶었던 것이 레몬즙을 발라 놓은 등받이 의자였다.

명백한 증거물이 아닐 수 없다.

그래서 뒤늦게 이를 깨닫고 부랴부랴 사건 현장으로 왔던 터였다.

다행히 아직까지도 말벌 떼가 붕붕거리며 날아다닌 덕분에 대충이나마 증거를 인멸할 수 있었다.

"그쪽 상황은 어땠습니까?"

"아직도 말벌들이 날아다니고 있던데요?"

"원래 지독한 놈들입니다. 슬쩍 건드려도 해코지했다고 여겨 끝까지 따라가서 독침을 쏴 대는 놈들이니까요. 경찰들은요?"

"일단 말벌 떼가 사라지기를 기다리는지 근처에 오지도 않았더라고요."

"혹시 뉴스를 들어 봤습니까?"

"예."

"뭐라고 해요?"

"충격이었습니다."

공범으로 범행에 가담한 사람치고는 담담하게 말하는 장지만이다.

'죽은 사람이 생겼나 보군.'

충격이었단 말에 단박에 내용을 유추한 담용이 물었다.

"몇 명입니까?"

"현재까지 열네 명입니다."

"더 늘어날 수도 있고요?"

"충분히요."

'으음……'

생각했던 대로였다. 이는 고령인 사람들이 많아서다.

그런데 전혀 죄의식이 느껴지지 않는다.

"사망자 명단은 나왔습니까?"

"그게 좀 이상합니다."

"훗, 그럴 겁니다."

누군가 필사적으로 막고 있다고 봐야 했다.

'보나 마나 중추회 놈들이겠지.'

그러나 눈 가리고 아웅하는 격이다.

주요 인물들이 살아 있다면 어찌어찌 막아 보겠지만 깡그리 쓰러진 지금 방패막이가 없다.

"솔직히 여쭤 봐도 됩니까?"

"그럼요."

"기분이 어떻습니까?"

"더럽습니다."

"하하핫, 저도 더럽더군요."

"동지니까요."

"당연하지요. 어디로 모실까요?"

"마포로 가시죠."

"알겠습니다."

장지만의 대답을 듣는 담용은 왠지 허탈하고 공허한 기분이었다.

"눈 좀 붙이겠습니다."

"그러십시오."

담용은 눈을 지그시 감았다.

피곤이 몰려왔지만 정신은 더 또렷해졌다.

사람을 죽인 것에 대해 명분이니 까닭이니 하는 변명 따위는 하고 싶지 않았다.

굳이 한다면 강인한과 그 가족들의 삶이 원인이 됐다고 말하고 싶다.

나아가 꽃다운 청춘 시절에 머나먼 이국에서, 그 누구도 알아주지 않는 독립투사로서 광복을 위해 싸우다가 생애를 마감한 선조들에게 조금이나마 할 일을 했다고 말하고 싶다.

애초 그 어떤 오명이든 덮어쓸 각오를 한 터라 결코 죄책감 같은 건 들지 않았다.

향후로도 할 수 있으면 더 잔인해질 것이다.

증거를 남기지 않는다면 보다 많은 친일파를 손볼 수 있다. 그것이 설사 이 나라 수반이 개입된 일이더라도 중단하는 일은 결단코 없을 것이다.

'하늘이 내게 준 이 가공할 능력. 결코 민족을 배반하는 일은 없을 것이며, 사사로운 이익을 위해서도 사용하지 않겠다.'

담용은 스스로에게 최면을 걸듯 다짐하고 또 다짐했다.

여태껏 친일파가 득세한 것은 그들을 단호하게 심판할 사람이 없어서다.

'그래, 내가 심판자가 되어 주마.'

담용은 하늘이 자신에게 능력을 주심은, 그것도 대한민국의 육담용이란 사람에게 내리심은, 이들을 징치하고 정의를 수호하라는 애국 선조들의 뜻이라 애써 받아들였다.

문득 강인한의 할머니가 손자에게 들려줬다는 말이 생각났다.

―처자식을 눈물로 외면하고 떠나온 머나 먼 타국.

이름 없는 산천에서 조국의 독립을 위해 일본군과 총칼을 맞대고 싸우고 또 싸웠다.

그렇게 이 한 몸 초개같이 던졌건만, 돌아온 것은 차가운 냉대와 처자식의 굶주림 그리고 불학무식이더라.

이 말은 독립투사였던 동지가 최근 저세상으로 가면서 유언으로 남긴 말이었고, 그 유언을 들은 강인한의 할머니가 손자에게 들려준 것이었다.

담용은 이 말을 곱씹고 곱씹으며 주먹을 꽉 쥐었다.

'이 손에 수천 명이 죽는다 한들 결코 흔들리는 일은 없을 것이다.'

약해지려는 마음을 다잡으며 담용은 언젠가 봤던 글귀를 떠올렸다.

조국 위해 모든 것 주었건만
그 조국이 준 것은 무엇이던가?
모욕과 멸시, 좌절만을 받았네

광복 투사 간데없고, 득세만만 친일파들
살아난 을사오적, 이 나라 주무르니
어렵게 핀 무궁화, 짓밟아 팽개치네

그대들의 홀대, 천시

보고 배운 후손들
이 땅에 전쟁 다시 일어나면
목숨 걸고 지킬 이
또 있을까 싶던가?

그래도 내 후손들아
밟혀도 넘어져도
일어난 새싹처럼
웃어라, 내 후손아
소리 없는 아우성을 위해

'후우! 그대들이 말하는 정의란 도대체 무엇이더란 말인가? 이권에 목말라하고, 정의를 곡해하고, 이해득실에 휩싸여 자신들만 옳다 하는 너희는 대체 어느 나라 사람이더냐? 누가 이 나라 민초들이 이해할 수 있게, 그대들이 추구하는 정당성이 뭔지 말해 보라.'

조수석에 기대 눈을 감고 있던 담용의 주먹이 더 꽉 죄어졌다.

'후우우, 피곤하군.'

육체적인 피로보다 정신적인 피로가 담용을 욱죄어 왔다. 모두 인명이 살상됐다는 데서 기인한 심적인 피로였다.

'정인 씨나 만나야겠다.'

마음의 안정도 기할 겸 쉬고 싶은 생각이 간절했다.

정인을 떠올리자 그녀의 품에서 위로를 받고 싶다는 생각이 더 간절해지는 담용이다.

하지만 그 전에 마포구 정보망팀과의 일을 먼저 처리해야 했다.

BINDER
BOOK

인재들

마포구 정보망팀 사무실.

사락. 사락.

미팅 룸에서 홍수광을 앞에 앉혀 놓고 서류를 한 장씩 넘기고 있는 담용이다.

그런데 서류를 한 장씩 넘길 때마다 연방 감탄하는 기색이 역력했다.

'호오! 정말 대단한 친구들이군.'

모두 정보망팀에서도 천재라고 불리는 박창규가 미국으로 건너가서 데리고 온 친구들이었다.

서류는 이들의 이력서와 자기소개서 그리고 재학증명서와 자격증 등이라 제법 두툼했지만 담용은 탐독하듯 세세히 읽어 나갔다.

학력이 짧은 담용으로서는 말로만 듣던 스탠포드나 버클리 그리고 UCLA, 캘리포니아 대학 등은 신천지나 마찬가지였다.

전공은 대부분 약속이나 한 듯 정보통신 분야 쪽이었다.

서류 하나하나가 거의 영어였지만 담용이 이해하는 데는 무리가 없었다.

그렇게 한참 동안이나 서류를 살피던 담용이 마침내 마지막 장을 덮었다.

"아까운 인재들이군."

"히힛, 괴짜들이기도 합니다."

"괴짜라……. 나로서는 부럽기만 한 친구들이다."

"근데 제게 한마디도 묻지 않으시는 걸 보면 전부 이해한 것 같습니다."

"푸훗, 인석아, 나도 영어 하나만큼은 자신 있어. 비록 고등학교 졸업이 학력의 전부이긴 하지만 대학교를 가지 못한 대신 어학 공부를 게을리하지 않았거든."

"오오, 대단하시네요. 그거 쉽지 않은 일인데……."

"짜식, 됐다. 애들 들여보내라. 창규도 같이 들어오라고 해."

"옙!"

홍수광이 나가더니 곧 개성이 뚜렷해 보이는 다섯 명의 청년들을 데리고 들어왔다.

"우리 클리어가드 사장님이시다. 모두 인사드려. 차렷!"

뜬금없는 구호에 청년들이 머쓱한 표정을 자아내며 어설프게 차렷 자세를 취했다.

"인사."

꾸벅.

"인석아, 여기가 군대냐?"

"히히힛."

"자, 자, 모두 앉아요. 앉아서 편하게 대화를 해 보자고."

"넵! 앉아라. 보다시피 우리 사장님은 격식을 별로 좋아하지 않거든."

홍수광의 말에 살짝 긴장해 있던 청년들이 조금은 풀어진 표정으로 의자에 걸터앉았다.

"말을 편하게 해도 되지?"

"에이, 그럼요. 동생들인데 편하게 하세요."

"하하핫, 그래. 홍 팀장 말대로 그냥 형이다 생각하고 대해 주면 좋겠다. 모두 먼 길을 오느라고 수고가 많았다. 피곤이 아직 남아 있는 것 같지만 내가 오늘밖에 시간이 없어서 보자고 했다. 괜찮지?"

"예. 저희는 피곤하지 않으니 신경 쓰지 않으셔도 됩니다."

왼쪽 첫 번째 자리에 앉은 통통한 체구의 청년의 말이었다.

"누구지?"

"장세영입니다."

"아, 아, 스탠포드 대학이지?"

"옛!"

"4학년에 재학 중이고 CERT전문이라……. 이건 뭐지?"

"해킹을 당했을 시 시스템 손상에 즉각 대응함과 동시에 대상자를 역추적하는 업무입니다."

"흠, 반대로 해킹할 수도 있다는 얘긴가?"

"물론입니다. 사실 그것이 더 재미있습니다, 헤헤헷."

'하긴 방어하는 것보다 공격하는 게 더 재미있을 테지.'

"아참! 휴학계는 내고 왔나?"

"예. 자퇴하려고 했지만 창규가 그러지 말고 휴학계를 내라고 해서요."

"그거 사장님이 그렇게 하라고 한 거야."

"맞다. 어렵게 들어간 대학교를 졸업도 하지 않고 자퇴한다는 게 아까울 것 같아서 내가 그리하라고 했다. 괜찮지? 불만이면 지금 얘기하고."

"불만은요. 사실 졸업장을 받고 싶지 않은 학생이 어디 있겠습니까?"

맞는 말이다.

학비와 생활비 없어 억지로 꿰어 맞춘 자기변명인 것이지

학업을 중도에서 하차하는 마음이야 오죽할까?

실력이 따르지 못한다면 모를까.

"그렇겠지. 당장은 나를 좀 도와주도록 해. 그러면 내가 책임지고 졸업할 때까지, 아니 박사 학위를 원하면 그때까지 학비는 대줄 테니까. 모두 어때? 반대하는 사람 있나?"

"그, 그럴 리가요? 정말 박사 학위 받을 때까지 도와줄 수 있습니까?"

"앞으로 나를 겪어 보면 알겠지만 난 입 밖에 낸 말은 반드시 지켜야 한다고 생각하는 사람 중 한 명이다. 그러니 그 점은 걱정하지 않아도 될 거야."

"저희 네 사람도 큰 욕심은 없습니다. 다만 저희들 마음대로 전공 분야를 연구할 수 있는 요건과 또 기초 생활비 정도만 받을 수 있다면 불만 없습니다."

"흠, 모두 같은 생각인가?"

"예. 제가 대표로 말씀드리는 거지만 저희들끼리 그동안 합의를 본 내용입니다."

"그렇단 말이지. 좋아, 원하는 대로 연구할 수 있는 요건은 충분히 마련해 주도록 하지. 그리고 기초 생활비는 좀 아닌 것 같으니……."

담용의 시선이 홍수광에게로 향했다.

"홍 팀장, 준비하라고 한 건 어찌 돼 가고 있나?"

"법인 인가를 신청해 놓은 상탭니다. 아마 모레쯤이면 나올 겁니다. 회사명은 주식회사 '포털 맨파워링'으로 했고요."

"포털 맨파워링?"

"예, 어색합니까?"

"아니, 좋은데?"

"히힛, 감사합니다. 대표이사는 분부하신 대로 제가……
히히힛. 그리고 창규하고 해수가 이사고 감사는 화석이로 이
름을 올렸습니다."

말하자면 박창규와 김해수가 이사, 전화석이 감사로 등기
이사로 등재됐다는 뜻이다.

초창기 멤버들의 전 간부화였지만, 담용은 그동안 기반을
구축하느라 고생을 했다 여기며 이의가 없었다.

"잘했어."

"이름만 빌리는 형식인데요, 뭐."

"형식으로 끝날지는 두고 보면 알겠지. 일단 이 친구들도
모두 직원으로 등재시키도록 해."

"에? 저, 전부 합격입니까?"

"나보다 똑똑한 친구들인데 당연한 거지. 난 이런 인재들
을 불합격시킬 자신이 없다, 하하핫."

"감사합니다, 히히힛. 야! 다들 들었지? 축하한다."

"감사합니다."

"열심히 하겠습니다."

다들 웃는 낯으로 담용에게 인사를 해 대는 청년들의 표정

은 순수했다.

"그래, 많이 도와줘라. 그리고 연봉은 팀장을 제외하고 똑같은 금액으로 할 테니 그렇게 알아."

"사장님, 연봉이 얼맙니까?"

호리호리한 체구에 도수 높은 안경을 낀 청년이었다.

"어, 자네가…… UCLA의 정새롬이지?"

"넵! 제가 정새롬입니다."

이미 전부 기억한 담용의 뇌리로 자연스럽게 정새롬이 악성 코드 분석 전문이라는 것이 떠올랐다.

"악성 코드 분석이 전문이라고 했는데, 설명해 줄 수 있겠나?"

"말 그대롭니다. 악성 코드 파일을 분석해 해결 방안을 모색하고 나아가 엔진에 적용하는 업무를 말합니다."

"해킹과도 연관이 있나?"

"물론이지요. 여기 있는 멤버들과 협력한다면 하지 못할 것이 없지요."

"후훗, 기대하지."

"저기…… 연봉이 얼만지 여쭸습니다만…….."

역시나 말은 기초 생활비 운운했지만 욕심이 없는 것은 아니라는 눈빛이다.

담용 역시 애초부터 그에 걸맞은 대우를 해 줄 생각을 하고 있었던 차라 기분 좋게 웃어 보였다.

"하하핫, 실망은 하지 않을 테니 이따가 회식할 때 홍 팀장에게 물어봐."

"알겠습니다."

"그리고……."

담용의 눈길이 이번에는 세 번째에 앉아 있는 몸의 비율이 꽤 괜찮아 보이는 청년에게로 향했다.

"자네는 캘리포니아 대학의 우종영이고."

"예, 사장님, 제가 우종영입니다. 가장 자신 있는 분야는 보안 솔루션입니다."

"보안 솔루션? 그게 뭐지?"

"보안 프로그램의 백신 개발입니다. 물론 분석이 된 취약점을 보완하는 건 당연하고요."

"호오!"

"한 가지 질문을 해도 됩니까?"

"당연히."

"수광이에게 자료를 받았는데 정말 놀라웠습니다. 전부 사장님 머리에서 나왔다면서요?"

"어, 그, 그래."

담용은 갑작스러운 질문에 말까지 더듬었다. 그것도 모자라 속에서 진땀까지 났다.

이유는 모두 미래에서나 개발되어 사용되던 프로그램들이었기 때문이다.

하지만 담용이 컴퓨터에 대해 거의 문외한에 가까웠던 탓에 로드맵만 제시한 상태다.

"사장님, 정말 기발한 착상이십니다. 스파이웨어spyware나 멀웨어malware는 도전해 보고 싶은 분야 중 하나라서 신이 납니다."

"정말 도움이 됐는가?"

"그럼요. 이걸 개발해서 정보기관이나 수사기관에 팔면 꽤 돈이 될 겁니다. 또한 주로 이용하는 스파이웨어나 멀웨어 같은 악성 소프트웨어 경우는 상대방 컴퓨터 이용자를 공격해서 컴퓨터 운영체제를 망가뜨리는 데에 아주 유용할 겁니다. 아마 이런 프로그램들은 조만간 개발되리라 여겨집니다. 하루빨리 개발해서 선점하는 게 좋을 겁니다."

"자신 있나?"

"착상이 문제지 개발은 어렵지 않을 겁니다."

"그렇군. 다음은 버클리 대학 재학 중인 한정우 군인가?"

"예. 제가 한정웁니다."

마치 운동선수 같은 체격의 한정우다.

"컴퓨터시스템공학 전문에다 보안관제 전문가라고?"

"그렇습니다."

"컴퓨터시스템공학은 대충 알겠는데 보안관제는 뭔가?"

"컴퓨터 보안 시스템의 관리 및 운영 그리고 침입에 대비하여 감시하는 업무입니다. 다시 말하면 민감한 정보를 수집

하는 일입니다. 아울러 방금 종영이가 말한 것처럼 이를 역으로 해서 상대방 컴퓨터에 스팸이나 가짜 메시지를 보내 이용자인 척 가장하는 것도 가능할 겁니다."

"그 말은 화이트해커와 블랙해커 역할 둘 다 가능하다는 얘긴가?"

"맞습니다. 창과 방패를 동시에 할 수 있다고 보면 됩니다."

"그렇군."

"사장님!"

"홍 팀장, 할 말 있으면 해."

"세영이가 드릴 말씀이 있다고 해서요."

"응? 할 말이 있으면 해야지. 세영 군 뭔가?"

"저기……. 인도에 우리나라처럼 IT 붐이 일어나고 있는 건 아시지요?"

"응, 들은 적이 있다. 근데 왜?"

"저와 숙소를 같이 썼던 인도 친구가 있는데, 그 친구가 제가 귀국한다고 하니까 따라오고 싶어 해서요."

"어? 그래?"

인도라면 담용도 무척이나 친근감이 있는 나라라고 할 수 있었다. 다름 아닌 바로 차크라를 익히고 있어서였다.

"전공도 같고요. 이름은 락샨인데 우리와 같은 입장에 있는 친굽니다."

"흠, 하고 싶은 말이 뭐냐?"

"이건 제 생각인데요. 들어 보니 포털 맨파워링이 프로그램을 개발하는 것이 주목적이긴 하지만 해커 역할도 겸하는 것으로 압니다. 그렇다면 해커의 역할을 할 경우 우리나라에서 하는 것보다 다른 나라에서 하는 것이 리스크가 적을 거라는 겁니다."

"호오! 그래서?"

담용이 급관심을 보이며 눈을 빛냈다.

"저는 인도에서 그 친구와 같이 해커 역할을 하고 싶습니다."

"엉? 왜? 여긴 부모님이 계신 곳이잖아?"

"저기…… 두 분 모두 일찍 돌아가셔서 숙부님 댁에서 컸습니다. 다행히 약간의 재산을 남겨 놓으셔서 유학까지 갈 수 있었습니다만, 보시다시피 지금 이런 꼴입니다. 사장님만 허락하시면 전 꼭 가고 싶습니다."

"……?"

의외의 요구라 담용이 홍수광을 쳐다보았다. '너는 어떻게 생각하느냐'는 눈빛이다.

"사장님, 세영이의 요구는 정말 중요한 문제입니다."

"그래? 어디 말해 봐."

"예. 사실 우리나라에서 해킹을 할 경우, 만약 노출이 됐을 때를 가정하면 리스크가 적지 않다는 것입니다. 그런데 인도에서 하게 되면 노출이 된다고 해도 우리나라와는 무관하면서도 취할 건 다 취할 수 있다는 거죠. 아울러 이곳과 인도 간의 연결을 통해 제3국을 이용하는 일석삼조, 아니 사조, 오조 같은 효과를 거둘 수 있다는 것입니다. 그래서 저는 인도에 거점을 마련하는 것에 적극 찬성합니다. 물론……."

"더 할 말이 있으면 기탄없이 해 봐."

"돈이 많이 든다는 거죠, 뭐."

"돈 문제만 해결하면 다른 문제는 없나?"

"예. 인재가 제일 중요한데 그건 이미 해결됐으니까요."

"흠."

담용은 선뜻 결정을 하지 못하고 생각에 잠겼다.

사실 홍수광의 말대로 중요한 문제이긴 했다. 미래에도 중국에서 허브를 구축해 해킹하는 사례가 수도 없이 많았다.

아직은 중국에 그런 기반이 마련되어 있지 않아 시도하려고 해도 불가능하지만 늦어도 10년 내에는 가능해질 것이다.

담용도 좁은 대한민국보다 인도 같은 넓은 면적을 가진 나라에서 해킹을 하는 데는 이견이 없었다.

문제는 자금이 아니라 장세영의 안전 문제에 있었다.

인도의 치안이 그리 안전하지 않다는 것이 담용으로 하여금 쉽게 결정하지 못하게 하는 요인이었던 것이다.

특히 외국에 파견되는 직원의 신변 안전 문제는 절대로 등한시할 수 없다는 것 또한 마음에 부담이 됐다.

"락샨이란 친구가 인도 어디에 살고 있냐?"

"남부 도시인 뱅갈로르입니다. 제가 방학 때마다 갔었기 때문에 조금 압니다."

"어? 갔었다고?"

"예, 락샨이 초청을 해서 세 번 갔었지요."

"흠, 치안은 어때?"

"IT 산업이 번창하는 곳이라서인지 괜찮은 편이었습니다."

"응? 뱅갈로르가 IT 산업 중심지라고?"

"예, 거기는 주민들 대부분이 IT 산업으로 먹고산다고 해도 과언은 아니거든요."

"그으래?"

담용은 새로운 사실을 알았다는 것처럼 눈이 동그래졌다.

'언제 한번 가 봐야 하긴 하는데…….'

차크라 때문이다.

아직은 아쉬운 것이 없어 딱히 갈 이유가 없다지만, 언젠가 한번은 방문해야만 할 것 같은 숙명 같은 것이 느껴지고 있는 요즘이었다.

"인도를 IT 강국이라고 하는 이유는 크게 두 가집니다."

'인도 얘기라면 좀 들어 봐도 되겠어.'

역시나 차크라로 인한 이유였지만 이 기회에 조금 알아 둔다고 해서 나쁠 것은 없다는 생각인 담용이다.

"계속해 봐."

"첫 번째는 인도가 정부 차원에서 IT 인재 양성에 많은 투자를 한다는 것입니다. 그 비근한 예로 우리나라에서는 공부 좀 한다는 학생들이 의대나 법대 같은 곳에 몰리는 것에 반해 인도에서는 IT 학과와 관련된 과목에 더 몰린다는 거죠. 뭐, 대학원 과정이긴 하지만 기초 과목에 관심이 많습니다. 이는 인도 정부의 직접적인 관리하에 각 주에 걸쳐 브랜치 오피스를 두고 있는 것만 봐도 알 수 있습니다."

"호오!"

"실제로도 세계적인 컴퓨터 관련 회사들의 엔지니어 상당수를 인도인들이 차지하고 있는 것도 그 때문입니다. 두 번째는 IT 관련자들이 인도로 많이 몰려 활성화될 수밖에 없는 이유가 인건비가 엄청 저렴하기 때문입니다."

"인건비가 싸다? 얼마나 되는데?"

"예를 들면 우리나라에서 월 3백만 원을 줘야 한다면 인도에서는 5분의 1 정도, 즉 월 60만 원 내외만 줘도 만족한다는 거지요."

"헐-!"

"그것도 싸구려가 아닌 고급 인력을 구할 수 있지요. 그러다 보니 자연스럽게 외국의 유수 컴퓨터 관련 기업, 말하자면 잘 아시는 마이크로소프트나 인텔, HP 등의 선진 기업들이 인도에 브랜치를 두고 인재를 아웃소싱을 하고 있는 겁니다."

"흠, 투자 대비 효율을 극대화시킨다는 말이로군."

"그렇습니다. 앞서 말씀드렸습니다만 뱅갈로르 같은 경우 도시 전체가 IT 업종 하나로 먹고산다고 해도 과언이 아닐 만큼 외국 계열 IT 관련 회사들이 이미 진출해 있으며, 앞으로도 더 많은 수의 기업들이 진출할 예정이라고 합니다. 오죽하면 미래의 아시아 실리콘밸리라고 부르겠습니까?"

'헐, 인도 IT 산업이 그 정도였나?'

말은 들었지만 이건 들었던 것보다 더했다.

"더 고무적인 것은 인도 정부에서도 실업난 해소를 위해서라도 외국 기업에 상당히 협조적이며 또 긍정적 자세로 오픈하고 있다는 겁니다. 고로 우리 포털 맨파워링도 더 늦기 전에 허브를 구축해야 한다고 봅니다. 더구나 인구 11억 명의 인도 시장이 좁다고 할 수 없잖습니까?"

"오늘 덕분에 새로운 걸 많이 알았군. 이번에 내가 하나 묻지."

"예, 말씀하십시오."

"락샨이라는 친구가 자네와 일을 하겠다고 했나?"

"예. 이곳으로 오겠다는 걸 연락을 주겠다고 하면서 간신히 말렸는걸요."

"흠, 능력은 있고?"

"저보다 뛰어난 면이 많습니다. 고용하면 절대 후회하지 않을 것입니다."

"실력도 중요하지만 그보다 더 신경을 써야 하는 건 보안이다. 모르지는 않겠지?"

"이 계통에서 보안은 기본 베이스로 깔고 가는 것이라 걱정하지 않으셔도 됩니다. 뭣하면 제가 보증을 서겠습니다."

"함부로 보증 얘기하면 못 써. 고용하면 믿고 맡기는 것이지 의심은 사양이다. 믿지 못할 것 같으면 처음부터 고용하지 말아야 하고."

"히히힛, excellent! That is a wise saying."

"흐흐흣, I usually as much."

장세영의 말에 짓궂은 표정으로 대답한 담용이 말을 이었다.

"락샨을 고용하도록 하자. 월급은 너희들과 똑같이 하고."

"우와! 감사합니다!"

엉덩이를 들썩일 정도로 좋아하는 장세영이다.

"이리로 오라고 할래? 바로 인도로 가라고 할래?"

"비행기 편을 마련해 주시면 여기로 와서 사장님께 인사하고 가는 게 좋지 않겠습니까?"

"그도 그러네."

명색이 직원인데 서로 얼굴도 대면하지 않는다는 건 우스웠다.

"홍 팀장은 왕복 티켓을 끊어서 아예 초청을 해 버려."

"알겠습니다."

"그리고 내일까지 의논해서 필요한 자금을 산출하도록 해. 인도 지사까지 포함해서 말이다."

"넵! 예비비나 식사대까지 계산에 넣어도 되죠?"

"인마, 그럼 굶어 가면서 일할 거야?"

"에헤헤헷, 그건 아니죠."

"좋아, 벌써 시간이 이렇게 됐나?"

오후 8시가 다 되어 있었다.

"이만 끝내도록 하지, 홍 팀장."

"옛!"

"난 이만 가 볼 테니까 이 친구들에게 저녁 식사를 거하게 사 주도록 해."

"알겠습니다."

BINDER BOOK

시끌시끌한 대한민국

다음 날, 각 신문 매체들은 자극적인 문구로 말벌 떼의 습격을 대서특필했다.

　－우이동계곡의 대참사! － (동화일보)

　－살인 벌의 대공습! － (조아일보)

　－곤충의 습격, 무기력한 인간! － (조선신문)

　－장수말벌, 천벌을 내리다! － (한민족일보)

경쟁적으로 다루어진 스폿 뉴스는 내용을 이렇게 적고 있었다.

−사망자 26명, 부상자 103명. 우이동계곡 전면 출입 금지. − (동화일보)

−회합 중이던 중추회 회원, 사상자 129명. − (조선신문)

−129명. 사상자 대부분 중추회 회원! − (중아일보)

−하늘의 그물은 성기지 않았다! 친일파의 모임, 중추회 회원 129명 전원 사상! − (한민족일보).

이날 사설과 논평은 유일하게 한민족일보에서만 게재됐다.

이번 우이동계곡 한정식집의 참사에 대해 심심한 조의를 표하는 바이다. 그러나 많은 인명 피해에도 불구하고 우리는 짚고 넘어가야 할 것이 있다. 바로 우이동계곡의 모임이 사단법인 중추회의 정기 회합이었다는 점이다. 중추회는 일제강점에 조선총독부 자문기관이었던 중추원 간부들의 자제들로 구성된 단체다. 이는 곧 친일파 후손들이 그들끼리의 친목 도모와 이익을 위해 여태껏 모임을 가져왔다는 얘기다. 중추회는 1964년 사단법인으로 공식화하며 사회 전면에 나서기 시작했다.

핵심멤버인 이치호 회장(사망)을 비롯해 부회장 조성찬(중상), 총무 장무수 등은 조선총독부시절 중추원의 고문을 맡았던 후손들 중에서도 골수 중에 골수라 할 수 있다. 이외에도 갑

사에 황정곤(국회부의장 : 중상), 권준수(대한체육회 고문 : 중
상) 등이 참여하고 있었으며 검찰 간부와 경찰 간부 그리고 재
벌 기업의 간부들 역시 참여한 것으로 알려졌다. 이들 모두가
친일파의 후손들인 것이다. 이렇듯 사회 전반에 걸쳐 친일파의
후손들이 득세하고 있는 대한민국의 실정이다.

중추회는 각종 사업이나 이권에 관여하여 수익을 취하는 것
은 물론, 각 기관의 인사에도 관여해 자신들의 사람을 심기도
한 후안무치한 단체다.

독립투사들이 땅을 치며 통곡할 일이나 하늘의 그물은 결코
성기지 않았다. 이번 일은 천벌을 내린 것이라 하겠다. 이제라
도 친일파의 후손들을 발본색원하여……

한민족일보의 사설은 추모 분위기에 젖어 있던 국민들을
단숨에 분노의 열기를 띠게 바꿔 버렸다.

"뭐라고라? 친일파 후손 넘들이었다고라?"

"에이, 퉤! 괜히 애도했다카이."

"썩을 새끼들이 죗값을 받은 거지, 뭐."

"잘 뒈졌구먼그랴."

"콱 뒈져 불 것이제……. 숨줄이 허벌 나게 질기구마이."

여기에 광복회에서 성명을 냄으로써 기름을 붓는 일이 벌
어졌다.

─고인의 명복을 빈다. 하지만 짚고 넘어가지 않을 수 없음이니 아래와 같이 고하는 바이다.

대한민국의 정통성과 사회정의의 근간을 흔들며 음흉한 그늘에 숨어 온갖 패악을 저지르던 친일 단체 중추회의 작태를 보고 더는 간과할 수 없었던 차에 마침 하늘이 무심치 않아 천벌을 내린 지경에 이르렀다.

그러나 작금의 법원은 친일파 후손들이 낸 재산반환청구소송을 기각하지 않고 승소하게 함으로써 면죄부를 주려 하고 있는 실정이다. 검찰은 재심청구를 함으로써 민족의 재산을 갈취해 형성한 재산을 국가에 귀속시키기를 바란다.

나아가 지속적으로 친일 재산을 환수하고 마지막 한 필지의 친일 재산까지 추적하여 환수하는 데 최선을 다해 주기를 바란다.

정부는 이번 기회에 외적에게 부역해 조국을 배신하고 동족을 해친 반역자들을 준엄하게 단죄함으로써 역사와 사회의 정의를 바로 세워 줄 것과 차제에 이번 사건에 살아남은 자들 외에도 친일파를 발본색원함은 물론 그 명단을 작성하여 국민들에게 공포할 것을 순국선열과 국민의 이름으로 엄숙히 요구한다.

우리 광복회와 국민들은 뜻이 관철될 때까지 집회와 시위를 멈추지 않을 것이다.

대한민국 국민들이여! 궐기하자! 광화문으로! 시청으로!

바인더북

여의도로! 가자! 가자! 가자! 대한국민 만세!

"봤지? 가자고!"

"그래, 광화문으로 가자!"

"이번에 반드시 정리해야 해! 가자고!"

"깡그리 추방시켜 버려!"

"몽시리 잡아다가 바다에 처넣어 삐고 말끼다!"

"가자─! 시청으로!"

"여의도로 가자─!"

사태는 일파만파로 번져 급전직하로 치닫고 있었고, 거기에 비례해 국민들의 감정은 고조될 대로 고조되어 가고 있었다.

경찰청.

회의실은 정복을 입은 경찰 간부들로 가득 차 있었다.

상석에 앉은 이근호 경찰청장의 표정은 얼음처럼 굳어 있었고, 굳은 만큼 입에서 나오는 말투도 딱딱했다.

"치안정감, 방금 소요 사태가 우려된다고 했소?"

"예. 국민들이 생업을 팽개치면서까지 광장으로 모여들고 있는 중입니다. 그중에는 손에 흉기까지 든 사람들도 있다는 보고입니다. 그러니 속히 진압 부대를…….”

“닥치시오!”

“예, 예?”

“진입 부대라니! 지금 정신이 있소? 없소?”

“하, 하지만 지금…….”

“국민들이 뭐 때문에 들고일어나는지 몰라서 그런 말을 하는 거요?”

역사 이래로 도움은커녕 노략질과 침략 그리고 강제합병으로 괴롭혀 오기만 한 일본을 위해 간도 쓸개도 다 내놓고 알랑거리던 친일파에 대한 단죄 시위였기에 이근호 청장의 목소리는 그 어느 때보다도 당당했다.

“압니다. 하지만 너무 과격해지고 있습니다.”

“됐소.”

이무경 치안정감의 말은 더 들을 필요도 없다는 듯 단칼에 자른 이근호 청장이 우측에 앉은 박종옥 경무관에게 말했다.

“구동기 국장은 어떤 상태라고 하오?”

“중태라고 합니다.”

“가능성은요?”

“의사 말로는 두고 봐야겠다고…….”

“가망이 없단 소리요?”

“거의……. 회복이 된다고 해도 정상적인 생활은 어려울 것이라고 했습니다.”

장수말벌의 독이 몸에 치명적으로 작용하고 있다는 얘기다.

"본 청장은 공정해야 할 경찰 간부가 사사로이 단체에 가입해 물의를 일으킨 것에 대해 유감을 표하오. 본 청장 역시 부하를 다스리지 못한 데 대한 책임을 면하지 못하겠지만, 이 시간 이후로 구동기 치안감에게 불명예퇴직을 명하는 바이오."

구동기 치안감이 친일파의 후손이었냐는 말은 없었지만 불명예퇴직 자체가 이를 대변해 주고도 남았다.

그리고 경찰청장이 행하는 게 인사 특권이니 그럴 자격이 있었다.

"여기에 이의가 있으면 지금 말하시오."

"……."

친일파인 동료를 구제해 줄 생각이 없는지 모두들 묵묵부답이다. 이들 중에는 구동기 치안감으로 인해 알게 모르게 손해를 본 사람들이 적지 않기도 해서 이의가 있을 리가 없었다.

그리고 이런 인사 조치는 빠르면 빠를수록 좋다. 자칫 미루었다간 언론의 뭇매를 맞고서야 인사 조치를 하게 된다. 그렇게 되면 경찰의 위상에 먹칠을 하게 되는 것이다.

"그럼 통과된 것으로 하고 다음 안건으로 넘어갑시다. 그리고 여기 참석한 분들 중에 그들과 조금이라도 연관되어 있다고 여기는 사람은 조용히 일어나서 나가 주시기 바라오."

그들이란 중추회 회원들을 말함이었다.

"……"

"좋소. 아무도 없는 걸로 알고 진행하겠소. 곧 청와대에서 긴급회의가 있다고 하니 간단하게 끝내겠소. 이번 국민들의 시위와 집회에 관한 지침만 간단히 전달하겠소. 첫째, 우리 경찰은 합법적인 집회 및 시위만을 인정하며 그 외의 시위는 철저히 차단한다. 둘째, 공공의 안녕과 질서를 유지시킴과 동시에 이번 시위를 기화로 기회를 엿보는 불순분자들의 색출에 주력한다. 셋째, 일출 전과 일몰 후의 실외 집회나 시위를 금지하며, 국회의사당과 각급 법원 그리고 대통령 관저 및 여타 공관과 중앙 관서 등의 주요 공공건물과 시설로부터 2백 미터 이내의 거리로 시위대가 진입하지 못하도록 차단한다. 이상이오."

잠시 심호흡을 한 이근호 청장이 좌중을 둘러보고는 말을 이었다.

"각 지역의 서장들에게 시급히 하달해 불상사가 일어나지 않도록 하시오. 특히 이번 시위가 친일파의 척결을 위한 것이라 국민들의 감정을 자극할 수 있는 진압봉 같은 무기는 휴대를 금하니 이 점 유의하시오. 그리고 앞서 말했듯 청와대 긴급회의에서 새로운 지시가 나오면 곧바로 전달할 테니 그리 알고 대기하시오. 질문받겠소."

"……."

"없다면 이만 마치겠소. 모두들 가 보시오."

이근호 청장의 말에 간부들이 조용히 자리에서 일어나 밖으로 나갔다.

"배 총경, 나 좀 보세."

"옛!"

탁자에 올려놓았던 자료를 정리하던 배성환 총경이 다가왔다. 배성환 총경은 수사국 국장이었다.

"뭐라도 보고할 자료가 있었으면 좋겠는데…… 없는가?"

"그러지 않아도 지금까지 조사된 자료를 드리려고 했습니다. 여기……."

얇은 파일을 건넨 배성환이 소곤거리듯 말했다.

"특이 사항이 발견됐습니다."

"특이 사항? 뭐지?"

"장수말벌 떼의 공격이 하나같이 중추회 회원들에게 집중됐다는 겁니다."

"뭐? 일반인들의 피해는 없다고?"

"예. 정말 불가능한 일이 벌어졌다고나 할까요? 정궁한식집 종업원들 역시 가까이 있었음에도 불구하고 전혀 피해가 없었다고 합니다. 피해를 입었다고 해도 놀라서 피하다가 다친 찰과상에 불과하다고 합니다."

"흐흠, 누군가 고의적으로 말벌들을 조종했다는 건가? 허어! 이건 내가 말해 놓고도 엉터리 같군그래."

곤충일 뿐인 장수말벌이 누굴 콕 집어서 공격한다는 게 말이 되지 않는다.

"불가능한 일이죠. 곤충을 조종하는 특별한 초능력자가 존재한다면 또 모르겠지만요."

"초능력자라도 곤충을 조종할 수 있다는 게 말이 안 되지."

"이걸 보고했다가 긁어 부스럼을 만드는 일이 생길 수도 있습니다."

"그렇긴 한데……."

수사 범위 밖의 사건일 경우가 있다면 바로 이런 경우다. 즉, 의심은 가는데 수사에 돌입했다가 용두사미로 끝나는 사건을 말했다.

다시 말해 한 상태에서 다른 상태로 넘어가면서 다시 원래의 상태로는 되돌아갈 수 없는 불가역不可逆 사건인 것이다.

징수말벌 떼가 친일파들만 골라서 독침을 쏘았다?

그야말로 불가사의한 일이다.

"청장님, 말을 꺼냈다가 본전도 못 찾을 말은 하지 않는 게 좋습니다."

문제를 제시해 놓고 해답을 내놓지 못하면 무능한 인간으로 치부된다는 얘기.

"맞는 말이야. 잠시 정리를 해 보세. 그러니까 장수말벌 떼가 일반인들은 그냥 두고 중추회 회원만 골라서 공격했다. 맞지?"

"예."

"그렇다면 중추회 회원들의 몸에서 장수말벌이 좋아하는 특별한 냄새가 났든지 아니면 무얼 섭취했다는 뜻이지 않겠나?"

"사실……. 파일에는 기록하지 않았습니다만 레몬 냄새가 조금 나긴 했다고 합니다."

"레몬?"

"예, 워낙 특이한 일이라 옷을 수거해서 조사해 보니 하나같이 레몬 냄새가 배어 있었답니다."

"그거로군. 곤충 학자들에게 자문은 구해 봤나?"

"회의하기 전에 보고받은 내용이라 아직……."

"하나 묻겠네."

"……?"

"만약에 말이야. 곤충학자들에게서 장수말벌이 레몬 냄새를 좋아한다는 결과가 나오면 수사를 매듭지을 자신은 있는가?"

"없습니다."

"헐, 해 보지도 않고 바로 대답이 나오면 쓰나?"

"초동수사에 빈틈이 없었으니 이리 대답하는 것입니다."

"그래?"

"예, 사망자만 무려 서른아홉 명입니다. 중환자가 많아 또 얼마나 더 죽어 나갈지 모르고요. 그런 사건을 어찌 대충할 수가 있겠습니까?"

"그렇지. 그럼 이렇게 하세."

"……?"

"경찰 신분으로 곤충 학자에게 외뢰하지 말고 다른 신분으로 알아보게. 그리고 사실이라면 그대로 묻어 두게. 사태 추이를 봐 가면서 꺼내는 히든카드로 남겨 두는 것으로 말이야. 유야무야 넘어가게 되면 묻어 두는 거지. 어차피 해결할 자신이 없잖은가?"

"사실 경찰 본분에 어긋나는 일이지만 솔직히 말씀드리면 해결하고 싶지도 않습니다."

"그건 나 역시 마찬가질세."

"그럴 줄 알았습니다."

"여론 몰이는 어때?"

국민들의 여론으로 몰아가자는 뜻.

이는 국민들의 여론을 앞세워 정밀한 수사를 할 수 없게 만들자는 것이다.

국민들 여론에 반하는 수사, 정말 쉽지 않다.

"괜찮은 생각입니다만, 일단 청와대부터 다녀오십시오. 그분의 심중이 어떤지를 아는 게 우선이니까요."

"그렇긴 하지."

대통령의 임명에 의해 앉은 자리이니 그게 우선인 건 맞다.

"내 다녀오겠네. 그때 다시 얘기하자고."

"넵! 다녀오십시오."

이근호 청장이나 배성환 국장 모두 이번 친일파들의 희생을 두고 그저 관망하는 구경꾼이 되고 싶은 마음인 듯했다.

국정원 회의실.

3국 차장들의 표정이 석고상처럼 굳어 있는 분위기다.

기획조정실장과 핵심 참모인 과장들마저 배제한 자리의 분위기는 조용한 가운데 누군가를 기다리고 있는 듯했다.

3국 차장들만 모여 있는 자리라면 그만큼 중차대한 사안이 거론될 것이라는 의미였다.

그렇게 침묵이 내려앉은 실내에 출입문이 열리는 것으로 정적이 깨졌다.

들어선 이는 국정원장인 정영보였다.

"많이 기다렸습니까?"

"아닙니다."

정영보가 자신의 자리에 착석하며 묻자, 모두가 일어선 가운데 선임인 김덕모가 대표로 인사를 했다.

"후우! 힘든 회의였소."

"대통령님께서 뭐라고 하셨습니까?"

정영보가 청와대 회의에 참석했다가 왔다는 뜻이다.

"나를 직시하시면서 정말로 자연재해냐고 묻더군요."

장수말벌 떼의 공격을 두고 하는 말이었다.

"그렇게 물으시는 의도를 모르겠습니다."

"나도 적당한 대답을 하지 못했소. 하지만 묻는 의도까지 모르지는 않아서 알아보고 보고를 드리겠다고 했소이다."

"혹시 OP의 소환을 원하시는 겁니까?"

정영보 원장의 말을 단박에 알아들은 김덕모가 의견을 물었다.

"그보다 먼저 확인할 것이 있소?"

"말씀하시지요."

"OP에게 말벌들을 조종할 수 있는 능력이 있소?"

"그건 알지 못합니다."

"하긴……. 그럴 확률은 있소?"

"제가 알기로 초능력자들은 특화된 능력이 한 가지 정도인 것으로 알고 있습니다. OP는 물체 이동 능력에 특화되어 있습니다."

곤충들을 조종하는 능력은 없다는 얘기.

"나도 그럴 것이라 여겼소. 회의가 끝나고 이근호 청장이 내게 다가와 한 말이 있소."

"뭐라고 했습니까?"

"단서를 찾았다고 했소."

"예? 단서가 나왔다고요?"

끄덕끄덕.

"하면 누군가 고의로 일을 벌였다는 얘기가 아닙니까?"

"그렇지요. 내가 들어 봐도 일리가 있었소."

"무슨……?"

"단서는 중추회 회원 이외에 그 누구도 장수말벌의 공격을 받지 않았다는 데 있었소."

"예? 그, 그럴 수도 있습니까?"

"나도 믿기지는 않지만 확실히 그런 말을 했었소."

"그렇다면 누군가가 말벌 떼를 조종했다는 얘긴데……. 이 청장이 대통령님께 보고했습니까?"

절레절레

"보고하지 않았다고 했소."

"보고를 안 하다니요? 이유가 뭐랍니까?"

"해결할 자신이 없다는 게 그 이유였소."

"아니 해 보지도 않고요? 마, 말도 안 됩니다."

"말을 들어 보니 딴은 이해가 가더군요. 수사는 신속했소. 장수말벌 집은 천장 대들보 옆에 붙어 있었고 지름이 45센티 나 되는 초대형 벌집이었다고 하오."

"헐! 45센티라고요?"

"사진은 봤소. 엄청 크더군요. 내 생전 그렇게 큰 벌집은 처음이었소. 그러니 그 안에 말벌들이 얼마나 많았겠소."

"못해도 수천 마리는 됐겠지요."

"그것만 봐도 누군가 의도적으로 범행을 저질렀다고 볼 수 없다고 했소. 게다가 별로 의미 없는 일이긴 하지만 주변 CCTV를 통해 의심이 갈 만한 자들은 동선을 추적해 모두 조사를 했다고 하오. 역시나 의심이 갈 만한 사람은 아무도 없었다더군요."

"하면 말벌들이 자신의 구역에 침범한 사람들만 공격했다는 얘기가 되는군요."

"이 청장도 그래야만 중추회 회원들만 공격을 당했다는 말이 설득력을 가질 거라고 했소."

이근호 청장이 레몬 냄새에 대해서는 일언반구도 하지 않은 듯 거기에 대해서는 언급이 되지 않고 있었다.

"곤충학자들의 말은 다를 수도 있을 겁니다."

"뭐, 거기까지 알 필요도 없을 것 같소. 우리 소관이 아니니 말이오. 우리는 단지 그날 OP의 동선을 물어보고 보고하는 것으로 끝내면 되오."

"알겠습니다. 곧 보고를 드리도록 하지요."

"지금 국민들의 정서가 상당히 격앙되어 있는 것 같소."

"그렇습니다. 중추회의 멤버 대부분이 국가 요직에 앉아 있는 사람들이라 더 그런 면이 있습니다."

"이 청장은 이 기회에 여론 몰이로 가면 어떻겠느냐고 하더군요."

"뿌리를 뽑자는 거군요. 대답은 어떻게……?"

"청와대 생각이 어떨지 몰라서 추이를 좀 더 봐 가면서 얘기하자고 했소."

"그만큼 이 청장이 친일파 놈들에게 많이 시달렸다는 얘기지요. 가끔 부아가 치밀어 오를 때마다 저와 술을 마셨거든요."

"워낙 뿌리가 깊은 단체이니……."

"원장님, 이 기회에 자금줄을 틀어막는 것은 어떻습니까?"

"조 차장, 그 문제 역시 윗분의 생각을 듣고 합시다. 그나저나 그들 중에 우리 회사 직원이 없었다는 것이 천만다행이오. 그 덕분에 오늘 유일하게 떳떳했던 사람이 바로 나였소, 하하핫."

"하하핫, 16부 장관들의 얼굴이 어떻게 변했을지 알 만합니다."

부서마다 한두 명씩은 중추회 회원이 있었다는 말.

"자, 자, 이제 대통령님의 심중이 어떻다는 걸 알았으니 가서 일들 보시오."

"알겠습니다."

"아, 김 차장은 잠시 나와 얘기 좀 합시다."

"예."

최형만과 조택상이 나가는 것을 본 정영보가 입을 열었다.

"중국 일은 어떻게 되어 가고 있소?"

"이러다가 공작 요원들의 희생은 물론 자칫하다간 스파이 맞추방으로 악화될 것 같습니다."

"뭐요? 희생? 맞추방?"

"예. 지금 손가락만 까딱해도 줄이 끊어질 것 같은 팽팽한 고무줄이나 다름없는 상황입니다."

"흠, 타결할 방법은 없는 거요?"

"그래서 OP의 투입을 고려하고 있습니다."

"그 정도로 악화됐단 말이오?"

"송 지점장이 국가안전부로 압송된 지 벌써 이레쨉니다. 아직까지는 무사한 것 같지만 망원(첩보 수집 요원)들의 말에 의하면 안위를 장담할 수 없다고 합니다. 중국이 워낙 폐쇄적인 나라라 정보를 얻기가 어려운 점이 많습니다."

"끙, 그 작자를 그냥 돌려보낸 것이 비수가 되어 돌아온 격이로군."

그 작자?

사태의 원인이 '그 작자'로 인한 것임을 알 수 있게 하는 대목이다.

"외교관 맞추방은 어디서 나온 말이오?"

"그 역시 믿을 만한 망원들의 말입니다."

신빙성이 있다는 뜻.

더하여 중국 측에서 전에 없이 강경하게 나오고 있다는 뜻이기도 했다.

"후우, 중국과의 수교 후 최대 위기로군."

1992년 국가 수교 이후 최대 위기라고 할 수 있는 일이었다. 더구나 지금 중국으로의 산업 진출이 절정을 이루는 때라 이로 인해 타격이 올 수도 있었다.

"아무래도 외교관 맞추방 발표가 있기 전에 대통령님께 보고를 해야겠소."

보고도 받지 못한 대통령이 난데없이 한 방 맞는 일이 벌어진다면 그만한 망신도 없을 것이다.

"아직은 시간이 있으니 조금 더 두고 보시지요."

"해결할 수 있다면야 굳이 보고할 필요가 있겠소? 하지만 시일을 허비하다가 더 악화되어 국가에 누를 끼치게 되면, 모두 옷을 벗어야 할 게요."

"그 정도는 각오하고 있습니다."

"옷을 벗는 것으로 그치면 얼마나 좋겠소? 그 약점으로 인해 무엇을 내놓아야 할지 그게 걱정인 거요."

"알고 있습니다. 하지만 국가 간의 일은 공식 발표를 하기 전에 사전에 통보를 하는 것이 관습입니다. 그때 대통령님께 보고해도 늦지 않습니다."

"후우, 그렇긴 한데……. 그나저나 놀랍지 않소?"

"……?"

"중국 측에서 대북 공작의 전초기지인 선양 지점장을 콕 집어서 압송했다는 것이 말이오?"

"그 점에 대해서는……. 할 말이 없습니다."

김덕모의 안색이 조금 더 무거워졌다.

기실 송 지점장은 겉으로는 K항공의 선양 지점장이다.

그러나 실상은 국정원의 블랙요원으로서 지점장으로 근무하고 있었던 인물이었다.

정영보의 말은 중국의 국가안전부에서는 송 지점장이 국정원의 블랙요원임을 이미 파악하고 있었다는 것을 의미했다.

이는 대한민국의 첩보망을 전부 꿰고 있다는 의미라 두 사람은 충격이 더 컸던 것이다.

정보 능력은 대체로 그 나라의 국력과 비례한다고 해도 과언이 아니다.

스포츠 강국이 왜 강국으로 불릴까?

스포츠 인프라가 그만큼 잘되어 있다는 뜻이다.

생활 스포츠는 그런 기반에서 활성화되고, 그런 상황은 우수한 재질을 지닌 선수 발굴의 시금석이 된다.

국가 정보력 역시 마찬가지라고 치면 중국은 우수한 정보력을 갖춘 국가라고 할 수 있었다.

특히 해외 파트 담당 수장인 김덕모의 체면은 말이 아니었다. 중국 국가안전국의 정보력 앞에 무릎을 꿇은 것이나 진배없었으니 말이다.

설상가상으로 송 지점장이 현지 사령관 격이란 점은 피니시 펀치여서 충격이 더 컸다.

그래서 마지막 수단인 OP, 즉 초능력자의 파견을 고려해야 할 판이었다.

"어쨌든 저쪽에서 말이 나와야만 대처를 할 수 있다는 것이군요."

"……예. 아직은 침묵 상태라 협상할 여지가 없습니다. 다만 그들이 어떻게 나올지에 재해 다각적으로 연구하고 있는 중입니다."

"끙, 답답하군."

딱히 해결책이 없는 사안이라서인지 정영보가 두 손으로 연방 얼굴을 쓸어내렸다.

그도 그럴 것이 블랙요원이 상대국에 잡히게 되면 간첩죄가 성립되어서다.

아울러 상당한 비밀이 누설되는 것은 물론 법정에서 심문을 받게 되면 대한민국의 국가 비밀이 법정 진술을 통해 만천하에 공개될 수밖에 없다.

국제적인 망신은 물론 국내에서도 무수한 질타가 이어질 것은 당연한 일이었다.

즉, 국정원이 안팎으로 궁지에 몰리게 된다는 얘기다.

가뜩이나 현 정부에 의해 축소된 마당이라 이번 사안은 치명적인 한 방이 될 수도 있었다.

정영보와 김덕모의 뇌리에 '국정원 해체'라는 끔찍한 미래가 상상되는 것은 결코 지나친 일이 아니었다.

고로 고민은 점점 깊어져 가고 있는 와중이다.

"원장님, 어차피 국제 사회에서 다반사로 벌어지고 있으니 새삼스러울 것도 없습니다. 그들이 어떤 제의를 해 오기 전에 OP를 투입해서 해결하는 것이 가장 좋은 방법입니다."

"가능하겠소?"

"국내도 그렇고 국제 경험도 일천하긴 합니다. 하지만 그는……."

김덕모가 잠시 말을 끊었다.

이는 도청을 우려해서였다. 첩보 최강국인 CIA뿐만 아니라 각국이 심어 놓거나 설치해 놓은 버그, 즉 도청, 감청은 언제나 조심해야 하는 일이었다.

특히나 러시아는 도청, 감청에 있어 미국보다 우위에 있다고 할 정도로 뛰어났다.

도청, 감청의 범위는 국정원은 물론 청와대라고 해서 예외는 아니었다.

그런 탓에 '초능력'이란 용어를 입 밖에 내서는 안 된다.

물론 노출되어 서로 공조를 할 경우에는 다르겠지만.

"그런 걸 무시해도 좋을 정도로 뛰어나지요."

"원래는 국내에서 경험을 더 쌓게 해서 내보내려는 것 아니었소?"

"계획은 그랬습니다만 이번 사안이 워낙 중대해서요. 이번 사태를 극복하지 못하면 우리 회사 자체가 정상적인 업무가 어렵게 될 수도 있습니다."

"으음, 시간은 얼마나 있소?"

"알 수 없습니다. 내일이 될지 모레가 될지, 아니면 오늘이라도 연락을 해 올지요. 다만 송 지점장의 무게로 보면 시간은 더 있을 것이라 여겨집니다."

고문을 가한다고 해도 송 지점장이 순순히 입을 열지 않을 것이란 얘기다.

이는 중국 측에서 연락을 해 오면 바로 송 지점장이 모두 털어놨다는 얘기가 된다.

"투입은 언제가 좋겠소?"

"늦어도 내달 초에는 투입이 되어야 합니다. 더 빠를 수도 있고요."

"끄응, 이미 갈 데까지 갔으면 어쩔 수 없지요. 투입에 대비해 조치를 취하는 게 좋겠소."

마침내 정영보가 결정을 내렸다.

아울러 OP의 경험이 일천하니 누군가에게 단기 교육이라도 맡기자는 얘기다.

"그러지 않아도 특작국장에게 부탁해 놨습니다만……."

특작국이란 특수공작국을 줄여서 부르는 말이다. 국장은 오정렬이다.

각 정보국의 핵심이라면 단연 공작국을 꼽을 수 있어 오정렬 국장의 끗발을 무시할 수 있는 이는 많지 않았다.

국정원 내에서도 차장 이상을 제외하고는 아무도 없다고 해도 과언은 아니었다.

그럼에도 불구하고 김덕모는 자신이 추천해 놓고도 자신이 없다는 기색이다.

"오 국장이라면 적당할 것 같군요."

"그게 꼭 그렇지가 않아서요."

"왜……? 방금 추천하지 않았소?"

"오 국장이 워낙 강경한 성격이라 교육을 받는 중에 OP가 반감을 가질지 몰라서요."

"그래요?"

"사실 OP는 조금 아니다 싶으면 언제든 뛰쳐나갈 마음을 가지고 있습니다."

"뭐요? 아니, 국정원이 무슨…… 들어오고 싶으면 들어오고 나가고 싶으면 나가는 곳이랍니까?"

"그런 뜻이 아닙니다."

"그럼 뭡니까?"

"우리 회사의 요원들은 모두 국가를 위한다는 긍지가 상당합니다. 긍지가 높다는 것은 그만큼 자존심이 강하다는 거지요. 즉, 꼭 OP가 아니더라도 요원들 서로가 부딪치는 일이 잦다는 겁니다."

"그건 당연한 것 아니오?"

자존심과 자존심의 대결은 좋을 게 없다는 걸 알지만 필요악이라는 뜻.

바로 조직의 힘과 원천이 경쟁심에서 기인하는 탓이다.

"물론 그렇긴 합니다만, 그것이 OP를 자극하게 만든다는 거지요."

"그 무슨 말도 안 되는……. OP는 직위 이전에 신입이오. 베테랑 요원들의 충고를 고깝게 여기면 안 되는 것 아니오?"

아직 담용을 한 번도 만나 보지 못한 정영보라 믿음의 강도보다는 알게 모르게 불신의 강도가 더 큰 비율로 밑바탕에 깔려 있는 듯한 말투였다.

그런 낌새를 느낀 김덕모는 속으로 생각했다.

'뭐, 실체를 직접 본 적이 없으니……. 언제 서로 대면이라도 하게 해 줘야 할 것 같군.'

정영보 앞에서 담용이 능력을 보인다면, 그때부터 180도 급호감으로 바뀔 것이 빤했다.

"충고 정도라면 OP가 그럴 일은 없습니다. 그러지 않아도 자유로운 영혼이고 싶은 OP이니까요. 예를 들면 일전에 감사실의 강시우 과장이 조금 과하게 접근했다가 혼쭐이 난 것을 들 수 있지요."

"그건 나도 들었소만 실링팬이 낡아서 사고가 났던 것이 아니었소?"

"저도 그런 줄 알았습니다만 슬쩍 물어보니 이런 대답을 하더군요. '장난 좀 쳤습니다.'라고요."

"그래요?"

"예, 본인이 말하지 않았으면 누구라도 방금 말씀하신 것처럼 우연한 사고라고 생각할 겁니다."

"허어, 무슨 말을 하려는지 알겠소."

일국의 정보를 다루는 수장인 정영보가 바보일 리는 없다.

누군가 OP의 비위를 거스르면 언제 어디서든 완벽하게 골탕을 먹일 수 있다는 걸 어찌 모를까?

말인즉 누구도 자신을 강제로 구속하려 들지 말라는 뜻이다.

"으음, 오 국장에게는 그런 일이 없었으면 좋겠소."

"하하핫, 걱정이 되시면 오 국장에게 한마디 해 주시지요."

"알았소."

"더 물을 것이 없으면 이만 가 보겠습니다."

김덕모가 엉덩이를 들썩이자, 정영보가 지나가는 말투로 슬쩍 물었다.

"김 차장, OP는 그 시간에 어디 있었다고 하오?"

"인천 차이나타운입니다."

"거긴 왜……?"

"그저께 밤에 일어난 광화문 사건 때문입니다."

"아, 아, 흑사회와 야쿠자들 싸움 말이오?"

"야쿠자가 아니라 닌자였다고 합니다."

"닌자요? 아직도 닌자가 있소?"

"심증입니다만 OP가 본 몸놀림으로 미루어 그들이 맞을 거랍니다. 사용하는 무기도 그렇고요. 닌자 때문에 몸을 빼낼 수가 없었다고 합니다."

우이동계곡과는 무관하다는 뜻.

'하긴…….'

인천항에서 서울 끄트머리에 위치한 우이동계곡까지는 거리가 멀어도 너무 멀었다.

"하면 일본 영사관에서 닌자들을 도우고 있다는 겁니까?"

"십중팔구는요. 거기에 대해서는 더 알아보고 있는 중입니다."

"알았소. 우리 측 인명 피해가 없었다고 하니 너무 자극하지는 마시오. 그러지 않아도 이번 벌 떼 습격으로 인해 스미모토가 죽었소. 또 두 사람이 중상을 당해 기식이 엄엄하다고 하니 말이오."

자국의 국민이 죽은 상황이니 닌자로 인해 일본 측을 너무 닦달하지 말라는 얘기다.

스미모토는 이번 중추회 모임에 나왔던 일본 측 세 외빈

중 한 사람이었다.

"감안하고 있습니다. 곧 거기에 대한 일본 입장이 나오겠지요?"

"입장 표명을 한다고 해도 자연재해로 인한 것이라 목소리는 그리 크지 않을 게요."

누군가 고의적으로 살해한 것이 아니니 불만이어도 따지지 못할 것임은 당연했다.

"크흠, 정보부를 책임지고 있는 사람으로서 대놓고 말은 못 하겠지만 이번 사건에 대해 사적으로는 통쾌하다는 생각이오."

"하핫, 저도 그렇습니다."

두 사람은 친일파가 사사건건 시답잖은 일을 가지고 들이민 적이 한두 번이 아니었던 듯 속이 다 후련한 표정을 자아냈다.

"이만 가 보겠습니다."

"수고해 주시오."

"그럼……."

가볍게 묵례를 해 보인 김덕모가 먼저 실내를 빠져나갔다.

오붓한 주말 I

토요일 정인의 집.

달그락달그락.

가족들의 아침 식사를 끝낸 전정희가 개수대에다 설거지 그릇들을 옮기고 있을 때, 출근 준비를 한 정인이 2층 계단을 내려오더니 살금살금 다가와 소곤거렸다.

"엄마, 나 오늘 못 들어올지도 몰라."

"응? 아니, 왜?"

"그이가……."

"뭐? 담용 군이 외박하재?"

"엄마, 좀 조용히 말해."

전정희가 놀라 소리치는 말에 정인이 얼굴을 왈칵 일그러뜨리더니 거실 쪽을 살피면서 눈치를 봤다.

아버지인 이상원은 벌써 출근했지만 동생인 인호가 신경이 쓰이는 정인이다.

"얘가, 얘가."

"쉿. 조용히 말하란 말이야."

"이것아. 외박이라니! 너, 일루 와."

정인의 손을 잡아끈 전정회가 식탁에 앉히고는 따지듯 물었다.

"너, 그걸 말이라고 해?"

"그게…… 담용 씨가……."

"담용 군이 뭐?"

"풀이 많이 죽어 있는 것 같아서……."

"뭐? 왜?"

"몰라. 어제 통화할 때 다른 때와는 많이 달라 보였다고."

"남자가 일하다 보면 그럴 수도 있지. 그게 외박하고 무슨 상관인데?"

"엄만……. 그게 좀 심상치 않아 보여서 그래."

"너…… 대체 뭔 이유야? 솔직히 말해 봐."

"솔직히는 무슨? 말 그대로야. 무슨 일이 있는지 모르지만 내 직감이 그래."

"직감?"

"응."

지체 없이 대답하는 정인이지만 사실 외박은 그녀가 지어 낸 소리다.

담용이 전화로 한 말은 간단했다.

—정인 씨, 우리……. 간단한 먹거리를…… 좀 사면서…… 오랜만에 데이트나 할까요? 아, 장모님 김치도 먹고 싶네요.

하나 정인은 간단한 말이었지만 담용의 느릿한 말투에서 많은 것을 읽을 수 있었다.

언제나 씩씩했던 담용의 말투에서 어딘가 모르게 감내할 수 없을 만큼 괴롭고, 고독한 또 누군가에게 기대고 싶어 하 는 심정이 고스란히 느껴진 것이다.

그래서 정인이 독한 마음을 먹고 엄마인 전정희에게 외박 이란 말을 꺼낸 것이다.

뭐, 이미 허락하고 하지 않고는 중요하지 않은 상태다. 단 지 걱정을 끼치게 하고 싶지 않아 입을 뗀 것일 뿐.

전정희는 딸의 직감이라는 소리에 미간을 찌푸리더니 표 정도 심각해졌다.

여자의 직감이라는 것이 절대 무시할 게 못 된다는 것을 알기 때문이었다.

딸도 여자이고 엄마인 자신도 여자다.

그래서 잠시 생각한 끝에 마냥 반대를 못 하고 치분한 어조로 물었다.

"동생들에게 뭔 소리 못 들었어?"

"슬쩍 물어봤지만 다들 모르는 눈치야. 설사 그런 일이 있더라도 담용 씨가 내색할 사람도 아니고⋯⋯."

"하긴⋯⋯."

인정을 하면서도 전정희는 딸의 외박에 대해서는 선뜻 허락하기가 저어한 표정이다.

전정희는 아침 댓바람에 닥친 딸의 느닷없는 선포에 생각이 더 많아졌다.

딸의 외박.

그동안 외박을 하지 않았던 건 아니었지만 그것은 모두 단체 여행에 의해서다.

수학여행, 대학 MT, 회계 경리 업무 워크숍 같은⋯⋯.

그러나 지금은 동성인 여자 친구가 아닌 이성의 남자 친구와 밤을 같이 보내는 외박이다.

뒷감당이 어찌 될지 빤히 예상되는 밤.

어느 부모가 선뜻 허락하겠는가?

딸의 나이, 이제 과년하다.

혼기가 꽉 찬 나이다. 아니, 조금 늦었다고도 볼 수 있다. 당연히 혼인 황금기로 본 여자 나이로 그렇다.

어떻게 생각하면 늦은 나이고 또 달리 생각하면 뭘 하든 믿고 맡길 때이기도 했다.

바인더북

'내가 너무 고루한 건가?'

세대가 달랐다.

남자와 손도 잡지 못하고 강변을 어정쩡하게 거닐었던 연애 시절의 자신들 세대와는 다르게 요즘 세대는 누구의 눈치도 볼 것 없이 스스럼없이 손을 잡고 거리를 활보하는 것은 물론 시도 때도 없이 장소 불문하고 서로의 몸을 비벼 대는 젊은이들이다.

처음에는 눈꼴이 시었지만 그것도 자주 대하다 보니 이제는 으레 그러려니 하며 만성이 됐다.

내 자식들만은 그러지 않길 바라는 마음이야 없지 않지만 정작 고민하는 부분은 따로 있었다.

딸이 상처를 경험한 적이 있다는 것.

그 이후부터 은연중 딸의 일거수일투족을 살펴 온 전정희다.

딸의 애인인 육담용.

믿을 만한 청년이고, 언제 봐도 탐이 나는 신랑감이다.

건장하고, 정신 올바르고, 밤을 낮 삼아 일할 정도로 성실하다.

단 한 가지 걸리는 것은 직업이 부동산업이라는 것.

전정희는 딸이 말하지 않았던 탓에 아직까지 담용이 5급 공무원에 특채된 사실을 알지 못했다.

국정원 요원이라는 것은 더더욱.

사실 이 사실은 정인도 알지 못했다.

그런 탓에 솔직히 어디 가서 내세우며 자랑할 만한 직업이 아니라는 생각이었다.

하지만 이 역시 돈을 잘 벌다 보니 일찌감치 논외의 대상이 됐다.

속물근성에서 기인했다기보다 딸의 행복 차원에서다.

육담용이 자신의 딸을 사랑하고 있다는 것 역시 의심하지 않는다.

멀리 갈 것도 없이 미래의 장인에게 조건 없이 사업 자금을 대 주는 것만 봐도 알 수 있는 일이다.

그뿐이 아니다.

비록 근무하던 부대의 사령관이었다지만 수억이나 되는 돈을 선뜻 건넨다는 것 역시 결코 쉬운 일이 아니다.

또 그 돈의 용도가 무엇이었든 결국 자신과 무관하지 않았고, 계산된 처신이 아님도 안다.

무엇보다 우선하는 것은 담용의 성품으로 보아 일을 저질러 놓고 나 몰라라 할 가벼운 사람이 아니라는 점이었다.

반면에 딸은?

얘는 죽고 못 산다. 어미인 그녀가 잘 안다.

늘 우리 담용 씨가, 담용 씨는, 담용 씨에게 등등 귀에 딱지가 앉을 정도로 아예 입에 달고 산다.

이제는 말투만 들어도 남자 친구의 심리가 어떤지까지 알 수 있는 관계, 즉 이심전심으로까지 진전된 것 같다.

서로 몸만 섞지 않았다 뿐, 정신은 혼연일체다.

다 큰 딸자식을 어찌할 수는 없다지만 한편으로는 이렇게 허락을 받으려는 그 마음이 예쁘기도 했다.

'후우, 어쩌겠어?'

언제까지 품 안에 마냥 잡아 놓을 수만 없는 것이 자식이 아니던가?

더구나 언젠가는 남의 며느리가 되어 곁을 떠나야만 하는 딸자식이다.

더 따지고 들기도 뭐했던 전정희는 자신 없는 목소리로 입을 열었다.

"그래, 알아서 잘할 자신은 있는 거지?"

"엄마는……."

정인은 뚫어질 듯 쳐다보며 말하는 전정희의 시선을 슬쩍 피했다. 뭘 말하려는지 알기 때문이다.

"이것아, 첫날밤이 될지도 몰라."

"……."

노골적인 말에 정인의 머리가 푹 수그러졌다. 목덜미도 대번 빨개졌다.

전정희는 딸의 그런 모습에서 남자 친구와 같이 보내는 밤이 결코 싫지 않은 기색임을 모르지 않았다.

"예혀, 알았다."

"허, 하락하는 거야?"

"이것아, 허락하지 않음?"

"에헤헤헷."

전정희가 도끼눈을 하고 쌍심지를 돋우는데도 정인은 뭐가 그리 좋은지 헤실거렸다.

"이것아, 잘해."

"걱정 마."

"담용 군의 고민이 뭔지 알려고 하기보다 그냥 편하게 해 주는 데 신경 써."

"나도 알아."

"어디 멀리 간대니?"

"글쎄. 그건 말하지 않아서……."

거짓말이었지만 허락을 받고 나니 가슴 깊이 자리 잡고 있던 어색함이 슬그머니 사라져 마음이 가벼워졌다.

용기가 난 정인이 보풀웃음을 자아내며 말했다.

"엄마, 그이가 엄마 김치가 먹고 싶다는데?"

"응? 김치가 먹고 싶다고?"

"응."

"왜? 집에 김치가 떨어졌대?"

"그건 몰라. 그냥 그렇게만 말했어."

"고모란 분은 아직 반찬 가게 안 열었대?"

정인으로 인해 담용 집안의 일을 주르르 꿰고 있는 전정희다.

"이제 막 가게를 얻었다고 들었어."

"알았다."

자리에서 일어선 전정희가 싱크대에 엎어 놓은 큼지막한 플라스틱 그릇을 들고 김치냉장고로 향했다.

"담용 군에게 엊그제 엄마가 김치를 담았다는 걸 말했니?"

도리도리.

"아니."

"전번에 보니까 얼가리무침도 좋아하는 것 같더라. 좀 주련?"

"히힛, 줄 수 있으면 다 줘."

"에그, 저러니 딸자식 키워 봐야 소용없다는 말이 나오지. 거절을 몰라요, 거절을."

투덜거리면서도 기분이 나쁘지는 않았는지 전정희의 손놀림이 분주해졌다.

그 결과는 플라스틱 통이 무려 다섯 통이나 됐다.

"이 정도면 되겠니?"

"엄마, 뭐가 그리 많아?"

"물김치하고 알타리김치도 챙겼다. 그리고 봄에 담은 된장이 맛있게 숙성됐더라."

"그래도 너무 많아."

"호호홋, 얘는? 거긴 식구가 많잖아."

전정희는 언제 그랬냐는 듯 딸의 외박에 대해서는 잊은 듯 환하게 웃음을 지었다.

"에휴, 차를 세워 놓은 곳까지 들고 갈 수 있을지 모르겠네."

"인호를 부르면 되지."

"그냥 내가 들고 갈게. 너무 늦었어."

정인이 일어섰다.

"아참, 애!"

"응?"

"내일은 집에 올 거지?"

"그건 모르겠어. 월요일에 바로 출근할 수도 있다고 생각해."

"저년 말하는 것 좀 보게. 아예 살림을 나가겠다고 하지그래?"

"헹! 못할 것도 없지 뭐."

"에그, 조것이……. 너…… 배란기는 어때?"

"몰라!"

무안함에 '빽!' 소리를 지른 정인이 현관을 향해 종종걸음을 쳐 댔다.

덜컥.

인호가 제 방에서 나오다가 정인을 불렀다.

"어? 누나! 같이 가!"

"늦었어. 오늘은 너 혼자 가."

"아쒸, 오전 강의 있단 말이야. 가는 길에 내려 주면 되잖아!"

"늦었다니까!"

쾅!

"에이 씨, 꼴랑 경차 하나 가지고 되게 유세네. 엄마, 나도 차 사 줘."

"사라."

"어? 정말?"

"그래, 누가 말리니?"

"진짜?"

"그럼 거짓말이겠어?"

"아싸, 엄마가 웬일이래? 뭘로 사 줄 건데?"

"사 주다니?"

"방금 차를 사라고 했잖아?"

"그거야 네가 벌어서 사라는 소리지."

"우쒸……."

좋았다가 만 인호의 입이 댓 발이나 튀어나왔다.

"인석아, 엄마가 돈이 어딨어?"

"이씨……."

불퉁해진 주둥이를 삐죽거리던 인호가 돌아서며 중얼거렸다.

"매형한테 사 달라고 그래 볼까?"

"인호! 너……."

설거지를 하다 만 전정희의 쌍심지가 있는 대로 곤추섰다.

"히히힛, 농담이야, 농담."

"행여 그딴 소리만 해 봐라. 다리몽둥이를 부러뜨려 놓을 거니 그리 알아!"

"농담이라니까!"

그날 오후.

대한민국 전체가 친일파의 수난을 알게 되어 곳곳에서 시위가 벌어지면서 떠들썩했지만, 주말 오후를 맞은 연인들에게는 여전히 황금 시간대였다.

빼곡히 오가는 인파 속에 담용과 정인도 끼어 있었다.

차량을 담용의 사무실이 있는 빌딩에 주차시켜 둔 한 쌍의 연인은 지금 강남코엑스센터의 코너를 막 돌고 있는 중이었다.

담용의 팔을 감싸다시피 안은 정인의 표정은 마냥 행복해 보였다.

그도 그럴 것이 실로 오랜만의 담용과의 데이트라 정인은 발걸음조차 날아갈듯 가벼워 보였다.

그에 비해 듬직한 체구의 담용은 입가에 쓴웃음을 매달고 있었다.

'쩝, 너무 무심했군.'

이렇게 좋아하는 것을.

감정에 솔직해서인지 그런 모습이 그냥 한눈에 들어오는 정인이다.

이게 모두 바쁘다는 핑계로 오래도록 만나지 못했던 자신 때문임을 어찌 모를까?

정인은 어디 가느냐고 묻지도 않았다.

그저 담용과 함께 있는 것만으로도 세상을 다 얻은 듯한 표정이었으니 담용은 오히려 미안한 마음이 들었다.

알콩달콩한 연인 '케미'를 발산함은 물론, 자신을 향해 연신 환한 웃음을 지어 보이고 있으니 담용은 미안하면서도 마음이 훈훈했다.

그의 시선에 H백화점이 들어왔다.

'......!'

살짝 이채를 띤 담용이 곁눈으로 정인의 모습을 한차례 훑었다.

정인은 변함없이 그녀의 트레이드 마크라고 할 수 있는 정숙한 옷차림이었다.

행여 누가 훔쳐볼세라 상의는, 브로치로 목을 단단히 여민 흰 블라우스에다 감색 시스루 니트 가디건을 걸친 모습이었고, 하의는 거의 무릎까지 내려온 검정색 스커트다.

마치 입사 시험을 치르러 가는 수험생의 모습 같다.

그런데 줄곧 그런 차림을 고수해 와서인지 하얀 피부와 잘 어울린다고 담용은 생각했다.

결코 단 한 번도 식상해해 본 적이 없었던 옷차림이었지만 문득 드는 생각이 있었다.

'옷이나 사 줄까나?'

미안한 마음도 있어 그게 좋겠다고 여긴 담용은 머뭇거림도 없이 방향을 틀었다.

사실은 청과물로 유명한 G백화점의 지하 매장으로 향하려던 담용이었지만 마음을 바꾼 것이다.

"뭐 사실 것 있어요?"

"예."

짤막하게 대답한 담용이 걸음을 빨리해 회전문을 열고 들어섰다.

'4층?'

들어서자마자 안내판을 확인한 담용이 정인의 손을 잡고는 에스컬레이트로 향했다.

2, 3층이 지나고 4층에 다다르자, 정인의 손을 힘주어 잡은 담용이 에스컬레이트에서 내렸다.

"……!"

담용의 손에 무작정 이끌려 왔던 정인의 눈이 휘둥그레졌다. 여성복 매장이었던 것이다.

담용의 행동을 짐작한 정인의 걸음이 주춤댔다.

"다, 담용 씨······."

"아가씨, 아무 말 하지 말고 따라오세요. 알았죠?"

약간은 장난스럽게 말한 담용이 싱긋 웃어 보이며 걸음을 재촉했다.

그러다가 뭔가 이상하다 싶었던지 걸음을 멈췄다.

'뭐야?'

그러고 보니 눈에 띄는 모든 의상이 동절기 의복들이 아닌가.

'벌써?'

조금은 화사한 차림의 옷을 사 주려고 했던 담용의 의도가 여지없이 깨져 버렸다.

9월도 하순이라 미리부터 겨울 신상품들이 진열장을 차지한 것이다.

그래도 기왕에 나선 걸음 멈칫했던 것도 잠시 계속 걸어갔다.

"정인 씨, 혹시 선호하는 메이커가 있어요?"

"다, 담용······."

"쉿!"

입을 열려는 정인의 도톰한 분홍빛 입술에 담용의 오른손 검지가 닿았다.

"그냥 내가 하자는 대로 해요. 알았죠?"

끄덕끄덕.

"아, 알았어요."

"그럼 아는 메이커가 있으면 거기로 가요."

"여긴 없어요. 신촌이라면 몰라도······."

'그렇군.'

그녀의 집이 합정동이니 쇼핑을 하더라도 가까운 신촌에 위치한 백화점일 것이다.

담용이야 가난했던 탓에 백화점에 올 일이 없었지만 정인은 중류층 집안이라고 할 수 있으니 가끔 방문했을 것으로 짐작됐다.

더욱이 여자라면 선호하는 메이커 하나 정도는 두고 거래하는 것이 상식이라 담용이 앞장서기도 뭐해서 정인을 떠밀었다.

"신촌에도 H백화점이 있으니 여기도 입점해 있을 겁니다. 어서 찾아봐요."

등을 떠밀린 정인이 주춤거리며 걸음을 떼더니 금방 눈에 띈 곳이 있었는지 담용을 돌아보았다.

"저기 맞은편에 있어요."

"거기로 가요."

두 사람이 총총걸음으로 다가간 곳은 조그만 글씨로 최연실부띠끄라는 상호가 부착된 숍이었다.

가게는 부띠끄란 말처럼 소규모였지만 언뜻 봐도 개성적인 의류들이 진열되어 있었다.

그러나 담용은 의류들을 보자마자 황당하다는 생각이 들었다.

'헐-!'

이유는 의류들이 전부 가슴 어름까지 파인 것은 없었고, 죄다 목에 단추를 잠그도록 디자인되어 있어서였다.

아마도 늘 그런 차림이었듯 정인의 취향인 것 같다.

뭐, 폐쇄증 환자만 아니라면 상관없다. 적어도 가슴골이 훤히 보이도록 드러내 놓고 돌아다니는 노출증 환자보다는 나으니까.

출입문이랄 것도 없는 입구에 서서 담용을 빤히 쳐다보는 정인이다.

의류들이 전부 고가였기에 선뜻 들어서지 못하고 망설이는 눈치임을 모르지 않은 담용이 성큼 나섰다.

"정인 씨, 잠시만요."

"어서 오십시오."

반듯한 자세로 인사를 하며 맞이하는 여점원에게 다가가면서 느낀 기분은 일류 매장답게 조금은 도도하면서도 예의를 잃지 않는 자세가 좋아 보인다는 점이었다.

"실례가 안 된다면 점장님을 만나고 싶습니다."

"제가 책임을 맡고 있습니다. 뭐든 말씀하시지요."

"아, 부탁이 있습니다."

"말씀하십시오, 손님."

"점장님이시라면 의류 전문가이시겠지요?"

"일반인들보다는 조금 나은 편이긴 합니다."

더도 덜도 아닌 딱 적당한 멘트.

"부탁은 다름이 아니라 제 약혼녀에게 맞는 옷을 코디해 달라는 것입니다. 그것이 몇 벌이든 상관없이 말입니다."

"아! 맡겨 주십시오."

몇 벌이라도 상관없다는 말에 눈이 휘둥그레진 점장이 출입구에서 두 손을 모은 채 핸드백을 들고 서 있는 정인을 힐끗 쳐다보았다.

'고운 아가씨네.'

대번 드는 첫 느낌은 그랬다.

아름답다기보다 곱다는 말이 더 어울리는 여성은 척 보기에도 몸매의 비율이 알맞게 균형을 이루고 있었다.

더구나 자신의 매장과 매치가 잘 될 것 같은 스타일의 여성으로 보였다.

미모와 늘씬한 체형을 갖춘 여성들은 많고도 많다. 그러나 걸음걸이와 자세 그리고 거기서 우러나오는 성품이 맞지 않으면 이곳 매장의 옷과는 어울리지 않는다. 설사 입는다 하더라도 어딘가 모르게 어색해 보인다.

성품이 온유해야 조신한 자세가 나오고 그를 뒷받침하는

인상이 담긴다.

이런 자세와 성품은 하루 이틀 노력한다고 해서 이루어지지 않는 그 사람 고유의 개성이다.

디자이너 최연실은 그런 여성들을 위해서만 특화된 옷을 디자인하고 만들어 왔다.

눈앞의 여성은 눈길을 사로잡을 만한 임팩트는 없었지만 전체적으로 단아한 인상이었다.

그것은 끌림이었다.

'저런 이미지는 성장기부터 시작된 거야.'

점장은 자신이 생겼다.

"손님, 제가 책임지고 약혼녀분의 패션 코디에 최선을 다하겠습니다."

점장의 말투가 보다 더 정중해졌다. 오랜만에 의욕이 생긴 것이다.

"정장과 코트는 물론 모자와 구두까지 일습으로 부탁하지요. 아, 블라우스는 물론 핸드백과 스카프까지도요."

'헉! 대박!'

흔한 말로 '깔맞춤'.

두 벌만 맞춰도 1천만 원이 훌쩍 넘는다. 게다가 모자와 구두까지.

심장이 쿵쿵 뛰면서 박동이 빨라졌다.

점장의 뇌리에 VVIP 고객 명단이 주르르 스쳤다. 거기에 조신해 보이는 여성의 이름을 적어 놔야겠다는 생각이 들었다.

오늘 매상은 이것으로 마감해도 지장이 없을 것 같다는 생각까지 들었다.

눈을 있는 대로 치켜뜬 점장이 담용을 새삼 쳐다보면서 속눈썹을 파르르 떨었다.

동시에 과연 그럴 능력이 있을까 하는 표정을 지었지만, 씨익 웃어 보이는 담용의 미소에 얼른 허리를 접었다. 착각인지 얼핏 비치는 후광에 눈이 부셔서다.

상대를 매혹시키는 얼러링 페이스에 녹아난 탓임을 알 리 없는 점장의 얼굴이 순간 새빨개졌다.

'어머! 내가 왜 이래?'

싱숭생숭해지는 마음을 감추려는 듯 얼른 입을 뗐다.

"알겠습니다. 최선을 다해 모시겠습니다."

재차 인사를 하는 점장을 뒤로한 담용이 정인에게로 다가왔다.

"정인 씨, 점장에게 부탁해 놨으니, 마음에 드는 걸 골라 봐요."

"담용 씨, 여기 무지 비싸요. 디자인이 똑같은 옷이 없는 곳이거든요."

"알아요."

담용도 그 정도는 알고 있었다.

바인더북

일류 디자이너가 이름을 걸고 연 의류 숍이라면 직접 디자인하고 만든 것이라 똑같은 옷이 없다는 것을.

의류 공장에서 대량으로 만들어 내는 기성복과의 차이다.

수공이 많이 들어가는 핸드 메이드 제품이기에 가격이 턱없이 비싸다는 것도 안다.

그러나 약혼녀나 다름없는 정인에게 투자하는 것이라 아까울 게 없었다.

그래 봐야 지난번 귀금속에 이어 꼭 두 번째다.

어떻게 보면 인색하다고 할 수 있는 씀씀이였고, 연인으로서도 낙제점이라 할 수 있다.

이는 잦은 만남이 없었다는 말과 같다. 그 탓에 죄인이 된 기분이라 가격이 문제가 아니었다. 그래서 더 미안한 마음에서 나오는 과감한 행동이다.

"하하핫, 정인 씨가 여간 비싼 여자여야죠. 싼 여자 같았으면 저도 이런 곳에 안 왔어요."

"풋! 담용 씨도 참……."

일부러 하는 말임을 알지만 그래도 싫지 않은 멘트에 정인이 가볍게 담용의 가슴을 토닥이듯 때렸다.

"최소한 세 벌 정도는 사도록 해요."

"예? 세 벌씩이나요?"

"자, 자, 말 잘 듣는 아가씨, 어서 들어가시죠."

담용이 주저하는 정인의 등을 떠밀었다.

"어서 오세요."

"……네."

"호홋, 정말 아름다우세요."

"고, 고마워요."

"너무 부러워요. 신랑 되실 분께서 아가씨를 챙기시는 모습에 저희가 다 부담스러울 정도네요, 호호홋."

"……."

점장의 말에 대꾸를 못 하고 얼굴만 발그레해진 정인이 매장을 돌아보는 것으로 어색해지는 감정을 희석시켰다.

"선호하는 색상이 있으신가요?"

"특별히 좋아하는 색상은 없지만 너무 튀지 않은 색상이라면 다 괜찮아요."

"호호홋, 그럴 줄 알았어요. 자, 이쪽으로 오세요."

점장이 이끄는 대로 조용히 발걸음을 옮기는 정인이다.

이를 본 담용이 슬쩍 자리를 떴다.

'흠, 장모님 것도 챙겨 볼까?'

여자와 쇼핑하는 것만큼 지루한 시간도 없다고 여긴 담용이 마주 보이는 핸드백 매장으로 향했다.

오붓한 주말 II

　여성 매장에서 볼일을 다 본 담용과 정인은 에스컬레이트를 타고 한참을 내려왔다.

　구입한 옷과 핸드백을 배달시킨 탓에 두 사람은 들어올 때의 홀가분한 모습니다.

　스르르르…….

　계속 타고 내려오다 보니 1층에 닿았다.

　허공에 대롱거리는 팻말이 눈에 들어왔다.

　B1 식품매장

　에스컬레이트에서 내릴 생각을 않고 있는 담용에게 정인

이 물었다.

"담용 씨, 지금 장을 보려는 거예요?"

"하하핫, 예."

슬며시 웃으며 대답한 담용이 카트 한 대를 끌어냈다.

"……?"

"그렇게 어리둥절해할 필요 없어요. 최근에 오피스텔이 한 채 생겼는데 아무것도 없어서 조금 채워 놓으려고요."

"오피스텔요?"

갑자기 이게 뭔 소린가 싶은 정인이 담용을 올려다보았다.

"아, 필요한 것 같아서 임대로 얻은 겁니다. 저도 딱 한 번 가 본 곳이라 휑하기만 해요."

"어딘데요?"

"사무실에서 가까운 역삼동요."

"거기서 출퇴근하시려고요?"

"아뇨. 집이 멀지도 않은데 그럴 수는 없지요. 바쁠 때나 어쩔 수 없는 상황일 때만 가끔씩 들르려고요. 그리고 하루 이틀이라면 모를까 저 혼자서는 3일 이상은 외로워서 못 견딜 것 같거든요."

"푸훗."

"어? 왜 웃어요?"

"아뇨, 그냥……."

"오늘과 내일은 거기서 지내면서 정리를 좀 하려고요. 그래서 장을 봐야 뭐라도 해 먹을 수 있을 것 같아서……."

"……."

카트를 밀고 앞서가는 담용의 말에 대꾸를 하지 못하고 걸음을 늦춘 정인의 얼굴이 살짝 붉어졌다. 오늘 오피스텔에서 같이 지내자는 말처럼 들렸기 때문이다.

"아, 뭐 해요?"

"가, 가요."

그새 뒤처진 정인이 화들짝 놀라서 잰걸음을 놀렸다.

정인이 다가가니 담용의 손에 된장병 같은 것이 들려 있었다.

"담용 씨, 된장 가져왔어요."

"어? 장모님이 된장도 주셨어요?"

"네. 지난봄에 담근 새 된장이래요."

"으아! 맛있겠다."

"아직 개봉하지 않은 거라 저도 맛은 못 봤어요. 그런데 잘된 것 같다고 하데요."

"하핫, 그럼 오늘 같이 맛보죠, 뭐. 제가 된장국 끓여 줄게요."

"네?"

"아, 제가 요리한 걸 맛보시라라는 겁니다."

"요, 요리도 할 줄 아세요?"

"에이, 요리라고 할 수는 없고요. 그냥 대충……. 하하핫."

웃음으로 얼버무린 담용이 들었던 병을 카트에 넣으며 말을 이었다.

"이건 두반장입니다."

"아, 두반장……."

된장인 줄 알았던 병이 두반장이란다.

"두반장으로 뭘 하시려고요?"

"혹시 마파가지덮밥이라고 아세요?"

"마파가지덮밥요?"

"예."

정인의 표정을 보니 처음 듣는 메뉴인 것 같다.

'훗, 하기야 한참 후에야 유행하는 음식이니…….'

지금도 더러 해 먹는 사람들이 있을 테지만 아직은 생소한 음식일 것이다.

담용은 기억의 저편에서 자주 해 먹었던 적이 있었다.

"그런 음식도 있나요?"

"하핫, 이따가 맛을 보시면 압니다."

그렇게 말한 담용이 가지 한 묶음과 대파 그리고 양파까지 골라 담았다.

이어서 영양 계란 한 판과 두부, 버섯, 브로콜리 등등을 골라 담았다.

드르르르…….

카트를 몰고 가면서 작은 식용유도 집어넣고, 소금, 간장,

후추 같은 양념류 등을 카트에 부지런히 담았다.

'······!'

뒤에서 뻘쭘한 표정으로 따라오는 정인을 본 담용이 멈추더니 손을 끌어 같이 밀고 가자는 제스처를 취했다.

"집에 없는 게 너무 많아요. 심지어 화장지도 없는걸요."

"빈집이었으니까 그렇죠. 하지만 한 번에 다 채우려고 들면 한도 끝도 없어요."

"그래도 기본적인 건 갖춰 놔야죠."

"그렇긴 한데······. 요리할 재료는 다 사셨어요?"

"예."

"그럼 지금부터는 제가 고를 테니 담용 씨는 따라만 오세요."

"아, 예."

당연히 자기가 할 일인 양 대답도 하기 전에 앞장서 가는 정인이다.

'쩝.'

카트를 내려다본 담용이 정인의 뒤를 졸졸 따라갔다.

'후훗, 꼭 신혼부부가 장을 보러 온 것 같네.'

어색한 기분이었지만 결코 싫지 않았다.

이때까지만 해도 담용은 꿈을 꾸는 것만 같은 기분이었다.

정인이 세제 코너에서 걸음을 멈추고는 주방 세제 하나를 들었다.

담으려고 카트를 들이밀던 담용이 멈칫했다. 앞뒤를 번갈아 가며 설명 문구를 세세히 살피는 정인의 눈길이 너무 진지해서다.

그런데 그런 식으로 제품을 여러 개 살피고 나서야 제품 한 가지를 골라 카트에 담는 정인이다.

그리고 이어진 자연스러운 발걸음은 주방 기구가 있는 코너였다.

역시나 주방 기구 하나하나를 꼼꼼히 살피던 정인이 나무 재질의 도마 하나를 카트에 담았다.

이어서 또 눈으로 살피고 손으로 쓸어 보며 고르고 고른 것이 야채의 물기나 뺄 듯한 스테인리스 재질의 채그릇이다.

'헐, 저렇게 해서 언제 고른담?'

물건 한 가지를 선택하는 시간이 너무 길다는 느낌이었다.

그렇게 몇 가지 더 고르는 데 시간이 제법 흘렀다.

그런데 키친 툴 세트를 고를 때는 거의 30분이나 허비됐다.

지나친 면이 있다고 여긴 담용이 기어코 한마디 했다.

"정인 씨, 시간이 너무 많이 걸려요. 기껏해야 저 혼자 지낼 건데 그냥 대충 고르지 그래요."

"담용 씨, 한 사람 살림이나 두 사람 살림이나 다를 게 없다는 걸 아서야 해요."

'……!'

지극히 옳은 말이라 담용의 입이 다물렸다.

"호호홋, 지루해도 조금만 참으세요. 기왕에 고르는 것이라면 쓸 만한 걸 골라야죠."

그런 말까지 듣다 보니 더 이상 채근도 못 하게 된 담용은 그 이후로 장승처럼 멀뚱히 서서 기다려야만 했다.

그러고도 한참이 지난 뒤, 카트에는 어느새 쇼핑한 물건들로 가득 찼다.

"여긴 됐으니 이제 그릇 가게로 가요. 빠진 게 있으면 내일 또 오면 되니까요."

'잉? 내일 또 오자고?'

정인의 말에 담용의 안색이 순간 창백해졌다가 다시 돌아온 것은 보는 이의 착각만은 아닐 것이다.

심지어 목욕 타월까지 사 놓고서 내일 또 올지 모른다.

'아놔……'

불현듯 군대 선배가 했던 말이 떠올랐다.

─육 중사, 결혼하면 마누라랑 같이 절대 쇼핑하러 가지 마라. 후회막급일 테니까.

─선배, 그까짓 시장바구니 좀 들어 주는 게 뭐가 어렵다고 후회막급씩이나…….

─헐. 인마, 장가를 가 보고 그딴 소릴 해라. 나는 마누라 따라서 시장 갔다가 열 받아서 뒈지는 줄 알았다.

─에이, 설마요?

─짜슥아, 선배가 말을 하면 그런 줄 알아야지, 의심은! 암튼 지금은 아무리 씨부려 봐야 이해를 못 할 테니, 네 녀석이 결혼한 다음에 다시 얘기하자.

'젠장, 그 말이 정말이었을 줄이야.'

담용은 당시 그 선배가 행복에 겨워서 하는 말인 줄만 알았었다. 그런데 이렇듯 리얼하게 그대로 표현한 것일 줄이야.

조금 전까지만 해도 꿈을 꾸는 것만 같았던 담용의 기분이 온데간데없이 사라졌다.

"담용 씨, 풀옵션이라도 밥솥은 없지요?"

"아, 그, 그게…….."

잘 모르겠다.

'있었나? 없었나?'

제대로 살펴본 적이 없었으니 뭐가 있는지 어떻게 아나?

장지만과 벌집 공작을 꾸밀 때도 건성이었던 터라 밥솥이 있는지 그릇이 있는지 하다못해 쓰레기통이 있는지 아무것도 기억이 나지 않았다.

담용이 대답을 못 하고 버벅거리는 것을 본 정인이 손으로 입을 가리고 웃었다.

"후후훗, 아마 없을 거라고 여겨져요. 남의 손을 자주 타기 마련인 주방 기구들은 풀옵션이라도 준비를 해 놓지 않았을 게 분명해요."

담용이 일시 바보가 되는 동안 '이천도예'라는 그릇 가게에 도착했다.

"담용 씨, 여긴 시간이 좀 걸릴 거예요."

'헉!'

정인의 그 한마디에 담용은 가슴이 철렁하도록 식겁했다.

지옥이다.

그러나 곧 이어진 말에서 담용은 천국을 맞았다.

"그러니 살 게 있는지 좀 돌아보고 오세요."

"어, 그, 그래요."

압박과 설움에서 해방시키는 감로수 같은 말에 담용은 '이제 살았다.' 하는 표정이 얼굴에 역력히 드러났다.

당연히 머뭇거릴 새도 없이 얼른 자리를 벗어났다.

허둥지둥.

사실 살 것이 한 가지 있긴 했다.

바로 마파가지덮밥 재료인 돼지살코기다. 그것도 분쇄기에 갈려 나온 살코기여서 정육점을 찾아야 했다.

아, 스테이크용 등심도 살 생각이다.

정인과의 1박 2일은 길다면 길고 짧다면 짧은 시간이었지만 라면이나 밥으로만 때울 마음이 전혀 없는 담용이었다.

동생들에게는 솔직하게 말했다. 정인과 1박 2일을 보낼 거라고.

브라보팀의 정광수 팀장과 그 팀원들에게도 이틀간 휴가를 줬으니 연락이 올 일이 없다.

고로 오늘과 내일은 완전 자유다.

그렇게 조금은 들뜬 걸음으로 자리를 벗어나는 그의 뒷모습을 보고 정인이 소리 죽여 큭큭거리고 있음을 담용은 알지 못했다.

지금의 기분이 어떤지 태가 확 났기 때문이다.

역삼동 엘림오피스텔 706호.

타타탁. 타타타타…….

요리를 하느라 분주한 담용이 양파를 다지느라 칼질을 하는 소리다.

가지 세 개를 어슷하게 썰어 가지런히 해 두고, 대파도 총총 썰어 옆에 두었다.

그 옆의 그릇에는 소금, 후추, 맛술 등으로 밑간을 해 둔 다진 돼지고기가 들어 있었다.

양파를 다 다진 담용이 프라이팬을 가스레인지에 올려놓고는 불을 켰다.

'팍!' 하고 불이 붙었다.

프라이팬에 열이 오를 때까지 잠시 짬이 난 담용의 시선이 방 쪽을 힐끗거렸다.

오피스텔이라지만 20평이나 되는 터라 거실 외에도 침실이 하나 있었던 것이다.

정인 역시 분주하게 움직이기는 마찬가지였다.

구입해 온 청소기와 밀대로 묵은 먼지들을 쓸고 닦느라 부지런을 떨더니 지금은 옷가지들을 정리하고 있는 중이었다.

정인은 담용의 속옷 사이즈까지 물어보더니 몇 벌이나 사들였다. 당연히 집 안에서 간단히 입을 여벌의 옷도 구입했다. 지금 입고 있는 트레이닝복도 그중 하나다.

풍성한 상의와 바지를 입고 일에 열중인 정인이 입은 그 옷도 오늘 산 것이다.

오늘 이런 일이 있을 줄 몰랐던 그녀라 데이트 때 입은 옷으로 집안일을 하는 것은 곤란했다.

그래서 빠진 물건들을 구입하려고 서너 번씩이나 들락거려야 했다.

사실 이럴 의도는 아니었지만 정인의 극성(?)이 일을 한껏 키웠다는 것이 맞는 말일 것이다.

담용의 의도야 그동안 자주 만나지 못한 미안한 감도 있는데다 오피스텔도 소개할 겸 겸사겸사였다.

그리고 자신이 직접 요리한 마파가지덮밥으로 저녁 식사를 하려 했던 단순한 생각이었다.

그래서 오피스텔에 들어서자마자 주방에는 얼씬도 말라고 했다.

그 외에는 생각하지 않았다.

물론 직접 식사 준비를 하는 것은 사람이 죽어 나간 것에 침잠된 마음을 조금이라도 희석시켜 보려는 의도의 발로였다.

그런데 일이 이렇게 커질 줄이야.

심지어 이불까지 사 왔다.

그렇게 가끔 잠만 자고 나가는 용도로 여겼던 오피스텔에서 정인은 아예 한 살림 차릴 기세로 설치고 있는 중이었다.

아마도 남자인 담용의 생각과 여자인 정인의 생각이 180도로 달랐다는 데서 기인한 것이리라.

'휘유-! 계속 비워 놓고 다니기도 어렵게 됐네. 응?'

쿵쿵······.

프라이팬이 달궈지면서 뜨거운 열기가 얼굴에 닿았다.

"아차!"

얼른 불을 줄인 담용이 재빨리 썰어 놓았던 가지를 올렸다.

치익. 치이이익.

'이런! 타겠다.'

프라이팬을 살짝 치켜든 담용이 플람베식으로 거침없이 흔들어 가며 가지의 수분을 날리며 노릇하게 구웠다.

플람베 기술이라지만 불쇼는 아니다. 그러나 제법 많이 해 본 듯 능숙했다.

대충 구웠다 싶은 담용이 가지 조각 하나를 들고 이빨로 물었다.

아삭.

'오! 식감이 괜찮네.'

구운 가지를 식히기 위해 접시에 붓고는 대파를 넣어 둔 접시를 들었다.

'이번에는 대파 볶기.'

총총 썬 대파를 프라이팬에 넣고 나무 주걱으로 저어 가며 가지처럼 수분을 날리듯 구워 냈다.

'됐어. 카놀라유를 넣고…….'

구운 대파를 그대로 둔 채 카놀라유를 팬에 넉넉히 두르는 즉시 밑간을 해 둔 다진 돼지고기를 함께 넣었다.

치직. 치지지직.

하얀 김이 솟아오르는 가운데 담용이 부지런히 저어 댔다.

돼지고기에서 나온 물기로 인해 자작자작할 즈음, 조금 전 다져 놓았던 양파를 넣었다.

양파는 영양을 고려했다기보다 돼지고기 특유의 냄새와 기타 잡냄새를 잡아 주기에 반드시 넣어야 했다.

대충 익었다고 생각될 때, 재료가 잠기지 않을 정도로 물을 부었다.

이제는 완전히 익을 때까지 슬슬 저으면서 소스를 투입할 시기만 기다리면 된다.

소스는 두반장이 주재료다. 거기에 다진 마늘과 굴소스, 된장, 올리고당 등을 적당량 첨가해서 만든 것이다.

보글보글.

때가 됐다 싶었던 담용이 소스를 과감하게 투입했다.

이제 잘 섞으면 완성이다.

뭐, 맛이 있을지 없을지는 모르지만 정성은 많이 들였다. 그래서 만족이다.

'흠, 밥만 하면 되나?'

이미 씻어 놓은 쌀을 압력 밥솥에 넣어 둔 터라 스위치만 누르면 되었다.

'아! 그렇지.'

아직도 냉장고에 넣지 않고 바닥에 켜켜이 쌓아 놓은 김치통들이 기다리고 있었다.

'으아! 오늘 포식하겠는걸.'

"어머! 맛있네요."

마파가지덮밥을 한 숟가락을 떠서 맛을 보던 정인이 깜짝 놀란 듯 눈을 동그랗게 뜨고는 담용을 쳐다보았다.

"하핫. 비주얼이 좀 그렇죠?"

"호홋, 덮밥인걸요. 그래도 너무 맛있어요. 언제 이런 걸 또 배웠죠?"

'기억 저편에서요.'

당시의 유일한 사치였었던 터라 솔직한 내심이었지만 담용은 미소를 짓는 것으로 대답을 대신했다.

"중국집에서 먹어 본 적이 있었는데, 그때 주방장에게 물어보고 흉내를 내 본 겁니다."

"동생들에게도 자주 해 줬어요?"

"가끔요."

뭐, 어쩌다 내킬 때만 해 준 것뿐이지만…….

"김치만 가지고도 밥을 몇 그릇이나 먹겠습니다."

"호홋, 엄마가 엊그제 김치 담은 거 담용 씨에게 말했냐고 물었어요."

"하핫, 제가 때마침 잘 얘기한 것 같네요."

"올해 김장할 때는 아가씨들하고 우리 집에서 같이 김장을 담그려고 해요."

"장모님이 그러자고 해요?"

"후훗, 제 생각이에요. 엄마도 싫어하지는 않을걸요. 안 그래도 아가씨들을 한번 봤으면 하더라고요. 그래서 김장하는 날이 적당할 것 같아서요."

"상견례 때 봐도 될 텐데……."

"자, '아' 하세요."

정인이 데친 양배추에 마파가지덮밥을 싼 것을 담용에게

내밀었다.

"······!"

뜻밖의 행동에 담용의 눈이 휘둥그레졌다. 동시에 마치 이런 면이 있었나 하는 표정도 곁들여졌다.

"아이, 어서요."

조금은 발그레해진 얼굴로 채근하는 정인에게 빙긋이 웃어 준 담용이 입을 있는 대로 앙 벌려 받아먹었다.

쌈 한 입에 기분이 하늘을 날을 것만 같았다.

"어째 감칠맛이 나는 것이 마파가지덮밥하고 양배추가 묘하게 잘 어울리는 같습니다."

"마파가지덮밥이 조금 짭쪼롬할 것 같아서 양배추를 사 왔던 건데, 궁합이 잘 맞는 것 같네요."

"하하핫, 싱겁게 한다고 했는데도 그러네요."

"가끔 하는 요리라 그래요."

양념의 비율이 익숙지 않을 거란 얘기다.

"어서 드세요."

"예."

두 연인은 그때부터 마치 신혼부부처럼 알콩달콩 대화를 이어 가며 즐거운 식사 시간을 보냈다.

정인은 마치 이런 시간이 오기만을 오래도록 기다린 것처럼 담용을 세세히 챙겼다.

담용은 그대로 조금은 낯설었던 기분이 어느새 편안해지

면서 식사를 맛있게 할 수 있었다.

사랑하는 사람과 함께 시간을 보낸다는 것, 언제까지 이어져도 싫증이 나지 않을 것 같다.

기억의 저편에서는 서른여덟 살까지 단 한 번도 겪어 보지 못했던 달콤한 시간.

실로 처음으로 맛보는 이 행복감이 깨지지 않고 오래도록 지속되었으면 하는 마음이 간절했다.

밤이 깊어 가는 시각.

엘림오피스텔도 예외는 아니어서 시간 가는 줄 모르고 이야기의 꽃을 피우던 두 연인은 이제 와인을 나눠 마시고 있는 중이었다.

밤이 깊었음에도 정인은 집에 귀가할 생각이 없는 것 같았고, 담용 역시 거기에 대해서는 뭐라고 하지 않았다.

어쩌면 이런 것이 사랑하는 성인 남녀의 자연스러운 분위기일 것이다.

이렇게 서로의 속내까지 비추며 대화를 할 기회가 거의 없었던 두 사람이었다.

그런데 오늘은 기다렸다는 듯이 서로의 속 깊은 얘기는 물론 장래의 계획까지 두루 대화를 나눌 수 있었던 귀한 시간이었다.

담용이 얼굴에 홍조가 띠기 시작하는 정인을 보고 빙그레

웃었다.

"그러고 보니 여태 정인 씨 주량도 모르고 있었네요."

"술은 잘 못 해요. 맥주 두 잔 정도면 알맞은 것 같아요."

"하핫, 그리 세지는 않네요. 결혼하면 이런 시간을 자주 가졌으면 좋겠는데…… 정인 씨와는 대화를 많이 하고 싶거든요."

부부 간에 소통을 자주 하겠다는 말.

원하던 말이었는지 정인의 볼이 더 발그레해졌다.

"호홋, 그러려면 주량을 좀 늘릴 필요가 있겠어요."

정인은 상상하는 것만으로도 행복했다.

하루 일과를 마치고 부부가 술상을 차려 놓고 서로 주거니 받거니 하는 장면이 연상되자, 하루라도 빨리 결혼을 하고 싶다는 생각도 들었다.

미주알고주알.

그날 하루에 있었던 일을 남편에게 조잘대는 자신을 상상하니 괜히 흥분되는 정인이다.

더불어 호흡도 가빠졌다. 술기운만은 아닐 것이다.

괜시리 얼굴이 더 붉거진 정인이 부끄러움을 감추려는지 자리에서 일어섰다.

"담용 씨, 밤이 깊었어요."

"그래요. 시간 가는 줄도 몰랐네요."

손목시계를 보니 벌써 자정이 다 됐다. 정인이 집에 가려고 일어선 것이 아님을 안다.

이제 어떻게 해야 하나?

이럴 때 용기를 냈으면 싶지만 그게 쉽지 않았다.

하지만 여자의 마음을 편하게 해 주려면 남자의 리드가 필요한 시점이라는 것쯤은 알고 있었다.

데려다 주겠다느니 자고 가라니 이런 말 다 필요 없다.

그래도 담용은 어색해지려는 순간을 모면하기 위해 리모컨을 찾아 TV를 켜면서 말했다.

"정인 씨, 피곤하죠?"

"괘, 괜찮아요."

"하핫, 오늘만 날이 아니니 아쉬워도 내일도 같이 보내요. 괜찮죠?"

"그럼요."

"그럼 먼저 씻으세요."

"……네."

담용의 말에 목덜미까지 붉어진 정인이 도망가듯 침실로 들어갔다.

'저 사람이 자고 가라고 했어.'

정인은 그렇게 해석했고, 또 그것만큼 중요한 말도 없었다.

사랑하는 이와 밤을 같이 보내고 싶었다. 그런데 자정이 다 되도록 그 사람의 입에서 아무런 말이 없다는 것이 그녀를 초조하게 했다.

여자인 자신이 먼저 그런 말을 내뱉을 수는 없었기에 은근히 리드를 해 주길 바랐다.

한데 그녀의 심중을 알기라도 하듯 먼저 씻으란다.

정인은 그 한마디면 충분했다.

거실에 비치된 TV에서는 하루를 마감하는 자정 뉴스가 흘러나오고 있는 중이었다.

─……지금 이 시간까지 사망자는 52명으로 늘어난 상황입니다. 강북 S병원 측의 말에 따르면 중태인 환자로 인해 앞으로도 사망자가 몇 명 더 늘어날 수도 있다고 합니다. 참사 당시 참석 인원이 112명이었다고 하니 이렇게 되면 그중 절반 가까이 희생될 것이란 얘기가 됩니다. 이로써 친일파 후손들의 모임인 중추회는 이치호 회장을 비롯해 고문과 감사 그리고 적지 않은 회원들의 사망으로 큰 타격을 입었다고 할 수 있습니다. 특히 희생자들 중에 고위 관료 출신이거나 현직 공무원들의 숫자도 적지 않아 정부는 이에 대해 무척 당혹해하고 있는 실정입니다만, 아직은 공식적인 발표를 하지 않고 있습니다. 그러나 국회는 지금 패닉 상태에 빠져 있다고 해도 과언이 아닌 것 같습니다. 그 이유는 국회부의장인 황정곤 의원의 사망 때문입니다.

'뭐? 황정곤이 사망했다고?'

뜻밖의 소식에 담용의 엉덩이가 들썩했다.

그때 정인이 침실을 나와 화장실로 향하는 것이 보였다. 숨기듯 손에 뭔가를 쥐고는 화장실 문을 살며시 열고 들어 갔다.

그런 정인을 일별한 담용이 다시 뉴스에 집중했다.

-국회 회기가 한창 진행 중이라, 국회의원들은 황정곤 국 회부의장의 갑작스러운 서거를 국회장으로 치를 것이냐 아 니면 그냥 일반 가족장으로 하게 둘 것이냐를 두고 설전을 벌이고 있다고 합니다. 이에 저희 KBC에서는 국민들의 생 각을 들어 보았습니다. 광화문에 나가 있는 변종원 기자를 연결해서 알아보도록 하겠습니다. 변종원 기자?

-예, 광화문에 나와 있는 변종원 기자입니다.

-변 기자, 황정곤 국회부의장의 장례 절차를 두고 국민들 사이에서도 의견이 엇갈리고 있는지요?

-예, 그렇습니다. 지금부터 그 문제에 대해 국민 한 분 한 분을 만나서 대화를 나눠 보도록 하겠습니다.

변종원 기자가 지나가는 행인을 세워 마이크를 들이대는 장면이 잡혔다.

-KBC에서 나왔습니다. 시간을 좀 내주시지요.

마이크를 갖다 댄 여성은 40대쯤으로 보였다. 어차피 다 각본에 짜인 대로 하는 것임을 알고 있었지만, 담용은 국민 들의 생각이 궁금했다.

-이번 우이동 참사를 알고 계시는지요?

－네, 알고 있어요.

－국회부의장인 황정곤 의원의 장례 절차를 국회장으로 할 것이냐 가족장으로 하게 그냥 둘 것이냐를 두고 말이 많은데요. 어떻게 생각하는지요?

－말도 안 돼요. 친일파에게 국회장을 치른다는 것은 국민들을 모독하는 일입니다.

40대 여성이 인터뷰를 하는 동안 그녀의 이름과 나이, 개략의 주소가 자막에 나타났다가 금세 사라졌다.

－아, 예. 잘 알겠습니다. 다음 분을 만나 보겠습니다.

변종원 기자가 계속해서 거리를 지나는 행인들과 인터뷰를 진행해 나갔다.

국민들의 반응은 대체로 이랬다.

－친일파 후손들에게 돌아갈 것은 아무것도 없습니다. 사실 그런 사람이 죽었다는 자체도 별 감흥이 없네요. 국회장은 말도 안 되는 일입니다.

－친일파였던 조상 덕에 잘 먹고 잘 살았으니 죽었다고 해서 애석해하고 싶지 않아요. 또 그런 사람이 국회부의장이었다는 자체가 놀랍네요. 국회장이라니요? 저는 절대 반댑니다.

－저는 좀 놀랐습니다. 우리가 친일파의 후손을 국회의원으로 뽑았다는 것이 말입니다. 그저 부끄러울 뿐입니다. 국

회장요? 절대로 안 됩니다.

개중에는 더 나아간 의견도 있었다.

─저는 제 스스로 반성을 많이 하고 있습니다. 황정곤 그 양반이 우리 지역 국회의원이었거든요. 여기서 제가 기자님에게 하나 묻겠습니다.
─물어보십시오.
─독립 유공자의 후손들 중에 국회의원이 있습니까?
─글쎄요, 많이 없는 걸로 압니다만…….
─그럼 물을 게 뭐 있습니까? 이제라도 친일파의 후손들이 물려받았거나 혹은 가지고 있는 전 재산을 회수해야 합니다. 그리고 그런 작자들을 전부 국외로 추방시켜야 합니다. 거기에 국회장을 논하기 이전에 그 말을 꺼낸 사람이 누군지부터 밝히는 게 순서라고 생각합니다. 그 작자가 친일파이거나 그 후손이라서 그런 말을 입 밖에 냈을 테니 말입니다.
─아, 예, 국회장을 반대한다는 말씀이군요. 알겠습니다.

물론 적지만 반대 의견도 있었다.

─글쎄요. 친일파였던 선조는 밉지만 그 후손들은……. 그동안 국가를 위해 이바지한 면을 고려해야 하지 않을까요?

국민들의 인터뷰가 여기까지였는지 화면에 다시 변종원 기자가 나타났다.

–방금 들으신 바와 같이 국민들의 대체적인 의견은 국회장을 반대한다는 것입니다. 광화문에서 변종원 기자였습니다.

다시 데스크가 나오고 반듯한 자세로 앉은 여성 앵커의 모습이 잡혔다.

–변종원 기자, 수고하셨습니다. 아, 지금 사망자의 명단이 자막에 나타나고 있군요.

여성 앵커의 말대로 사망자의 명단이 화면에 나타나더니 옆으로 천천히 지나가기 시작했다.

그럴 즈음 살며시 화장실 문이 열리고 물기에 젖은 머리카락을 수건으로 동여매 틀어 올린 정인의 모습이 보였다.

담용은 그걸 보는 순간, 저도 모르게 속으로 심호흡을 했다.

그야말로 고혹적인 자태는 남자로 하여금 그냥 두고 보지 못하게 하는 강렬한 유혹이었다.

비슷한 모습을 여동생들에게도 봤지만 전혀 다르게 다가오는 정인의 모습에 아랫도리가 불끈했다.

건강한 남자라면 지극히 자연적인 현상과 반응이다.

아니라면 고자이거나 성불구자다.

머리를 살짝 숙인 채 빠른 잔걸음으로 침실로 사라지는 정인의 모습을 보고서야 담용이 비로소 숨을 길게 내쉬었다.

'후훅! 나도 씻어 볼까?'

TV를 끈 담용이 화장실로 향하려는 찰나, 침실 문이 열리면서 정인이 문틱 사이로 속옷을 살며시 내밀어 놓고는 닫았다.

'훗!'

씻고 갈아입으라는 뜻임을 어찌 모를까.

그런데 그 모습 하나하나가 정말 마음에 쏙 드는 담용이다.

담용이 언제 이런 대우를 받아 본 적이 있었던가?

이렇게 소소한 것조차도 사랑하는 이가 있고 없고의 차이일 것이다.

그래서 더 흥분되고 기대되는 밤이기도 했다.

물기를 머금은 입술이 촉촉하다.

혓바닥은 마치 아메바의 움직임처럼 매끄럽고도 미끈했다.

얼핏 열대의 과일 향이 느껴졌다가 사라졌다.

귓바퀴에 이어 목덜미로…….

조금씩 가빠지는 그녀의 숨결에 열기가 묻어나기 시작했다.

가늘게 떨면서도 몸이 달아오르는지 그녀의 숨결에서 시

작된 열기가 전신으로 번져 피어올랐다.

성욕이 불같이 일어났다.

깊이를 알 수 없는 무저갱 속에 가라앉았던 마음이 눈 녹듯이 사라지면서 금세 메워지는 것 같은 기분이다.

닿는 손길마다 피부의 감촉이 부드럽다. 그 또한 성욕을 주체할 수 없게 만들었다.

바르르…….

사지에 경련이 이는 것이 느껴졌다.

"으으음……."

가는 신음을 흘리며 몸을 뒤치는 몸짓은 서툴렀다.

그러나 몸이 점점 뜨거워졌다.

지그시 반쯤 감긴 눈동자는 몽롱해져 갔고, 시간이 지나면서 마치 혼이 나간 듯 백치가 됐다.

순간, 그녀의 몸부림이 격렬해지기 시작했다.

"아…….."

오르가즘에 닿았어도 본능적인 부끄러움인지 가끔씩 몸을 움츠리는 것이 고스란히 느껴졌다.

율동과 리듬감도 없다. 첫 경험이어서다.

물론 담용도 서툴기 짝이 없다. 단지 신이 준 본능에 충실할 뿐.

차크라의 기운에 힘입은 담용은 그녀를 충분히 만족시키며 끝까지 인내했다.

그녀의 가슴 저 깊은 곳에는 남모르는 열정이 숨어 있었음인가? 평소의 조신한 모습과는 달라도 전혀 달랐다.

"아, 아……."

몸부림이 갈수록 더 격렬해졌다.

어디서 이런 격렬한 열정이?

겉으로 보기에 사내로 하여금 성적 자극을 유발시키지 않는 전형적인 요조숙녀 타입의 정인이다.

거기에 목까지 오는 블라우스를 즐겨 입을 만큼 피부 노출을 극도로 꺼렸다.

그런데 이토록 격한 몸부림이라니!

아마도 그녀가 오랫동안 누구도 모르게 꼭꼭 숨겨 놓았던 정염을 불살라 내는 것이리라.

"흐흥……."

달뜬 신음을 내뱉으며 허리를 한껏 치켜 올리는 그녀다.

용광로처럼 뜨겁게 달아오른 절정이다.

낮에는 요조숙녀인 그녀.

밤의 침상에서는 요부로 변신했다.

여자라면 가장 이상적인 요소가 아닐 수 없다.

정인은 정신이 혼몽한 가운데서도 사랑한다는 말을 수도 없이 해 댔다.

"자, 자기……."

호칭도 '담용 씨'에서 어느새 '자기'로 바뀌었다.

달뜬 신음은 'G선상의 아리아'의 음률을 타고 넘나들었다.

그 음률이 담용으로 하여금 더는 참을 수 없는 심리 상태로 이끌었다.

입에서는 신음이 몸에서는 교태가 자극을 더 부채질했다.

한순간 오갈 데 없이 헤매는 것 같던 서로의 눈이 정통으로 마주쳤다.

무언가를 갈구하는 초점 잃은 그녀의 동공에 담용의 인내도 한계에 다다랐다.

그렇게 서로의 동질감이 절정에 이르는 찰나.

마침내 두 사람은 이 순간을 기다렸다는 듯이 몸을 밀착시켰다.

"흐헉!"

둘이 하나가 되는 순간, 달뜬 곡조로 음률을 타던 정인의 입이 딱 벌어졌다.

이어서 곧장 파과의 비명이 터져 나왔다.

길고 긴 마음의 소통 끝에 육체의 소통이 이루어진 결과물이다.

그렇게 한 몸이 된 두 사람은 배가 되고 노가 되어 울었다.

호흡과 율동은 누가 가르쳐 주지 않아도 원초적 본능에 따라 몸부림쳤다.

ㅡ나, 그대만을 사랑해.

－나, 그대의 아름다움에 굶주렸었어.

－나, 그대의 육체에 목말라 있었어.

서로가 몸으로 노래하는 가사는 그렇게 절절했다.

두 남녀의 율동에 맞춘 침상의 노래도 그날 밤 내내 삐꺽거리는 울음을 토해 내며 하얗게 어둠을 불태웠다.

BINDER
BOOK

플루토 요원, 한국에 오다

9월 25일 월요일 오전, 파이낸싱스타 사무실.

체프먼이 손에 든 서류를 확 꾸겨서 내팽개치고는 탁자를 내리쳤다.

탕-!

"호건! 이게 대체 무슨 얼빠진 소리야?"

"……."

"왜 말이 없나? 말을 해 보란 말이다!"

"보, 보스, 면목 없습니다."

"면목이 없다니? 내가 당일 아침에서야 이딴 정보를 받아야 해? 정말 그런 거야?"

"……."

호건은 계속되는 체프먼의 꾸중에도 침묵으로 일관하며 슬쩍 외면했다.

기실 그 자신조차도 오늘 아침에야 캠코의 정보원으로부터 받아 든 내용이라 할 말이 없었던 것이다.

어딘가 모르게 꽈배기처럼 뒤엉킨 것만 같은 상황에 체프먼의 호통이 아니더라도 머리가 다 지끈거릴 정도로 심사가 복잡한 호건이었다.

이 모두가 관공서가 쉬는 주말이었던 탓이 컸다.

"호건, 무려 회사가 세 개나 늘었다. 아무리 주말이었더라도 감시를 게을리하지 말았어야 하는 것 아니냐고!"

"……."

"미스터 팍, 그놈! 제대로 된 정보원이야, 뭐야!"

'미스터 팍'이란 자산관리공사의 금융자산관리부에 근무하는 박영무 과장을 말함이다.

"몰mol이라면 제대로 일을 해야 할 것 아냐? 돈이 썩어나?"

몰은 원래 정부情婦를 뜻했지만 첩보원 세계에서는 흔히 적국에 심어 놓은 정보원을 뜻했다.

"……."

"그놈이 퇴근한 후에 접수가 됐다고 변명할 거야?"

"……."

"노든웨스트 홀딩사라면 폴린 멕코이가 운영하는 회사지?

맞아?"

끄덕끄덕.

"대답을 해!"

"마, 맞아."

"좋아. 멕코이 녀석이야 원래 찌꺼기나 주워 먹는 하이에 나 같은 놈이니 진즉부터 주변을 얼쩡거리고 있었던 건 알아. 근데 이 녀석이 경매신청을 했다면 5억 달러란 자금을 어디서 끌어왔다는 얘기잖아? 거기가 어디야?"

"보스, 나도 오늘 아침에야 받은 내용이라 조사할 시간이 없었어. 지금 마이클이 부랴부랴 알아보고 있는 중이라고."

마이클이 자리를 같이 하지 않은 이유다.

"퍽큐! 내 말은 그냥 단순히 바이스탠더(구경꾼)냐 아니면 마크맨(주의할 인물)이냐는 거야."

"바이스탠드는 아니라고 봐. 단순히 구경꾼으로 참가하기에는 5억 달러란 돈이 너무 많아."

아무리 동향을 알아보는 것이 목적이라고 해도 경매 참가 자격 요건인 5억 달러를 자금으로 마련한다는 건 쉽지 않았기에 하는 소리다.

"하면 어디서 돈을 융통했다는 건데……. 짐작도 안 가?"

절레절레.

"댐!"

퍽!

버럭 소리를 지른 체프먼이 의자 팔걸이를 내리치며 입술을 일그러뜨렸다.

호건도 체프먼이 멕코이가 자금을 융통한 곳을 묻는 이유를 모르지 않았다.

구경이나 해 보자는 심산이라면 자금 흐름이 빤하게 읽히는 금융회사가 아닌 지인에게서 잠시 융통했을 수도 있었기에 조사한다고 해도 의미가 없는 것이다.

즉, 멕코이 정도면 그만한 자금력이 있었기에 돈을 융통하는 것은 얼마든지 가능하다는 얘기였다.

"끙, 그 하이에나 녀석이 독단적으로 나섰다고 보기는 어려워. 놈의 자금은 기껏해야 맥시멈 4억 달러가 한계라고. 뭐, 닥닥 긁어서 끌어모으면 5억 달러 정도는 되겠지만 그럴 정도로 모험을 즐기는 놈이 아니지. 내 말이 틀려?"

"아니, 정확한 지적이야. 하지만 제3의 누군가가 멕코이를 이용할 수도 있다는 것을 배제하면 안 돼."

"제기랄. 그 소릴 들으니 튀김 팬에서 불속으로 뛰어드는 기분이군."

첩첩산중이라는 뜻.

"좋아, 시간이 없으니 이 정도로 하자고. 일단 하이에나 녀석은 바이스탠드로 뺀다. 오케이?"

끄덕끄덕.

"다음은 머레이 걸번과 골드프린스인데……. 웬 놈들인지 대충이라도 읊어 봐."

"머레이 걸번은 호주의 대표적인 유가공 업체야."

"나도 그 정도는 알아. 유가공 업체가 왜 갑자기 경매에 뛰어들었느냔 말이다."

"근거가 아주 없지는 않아."

"근거가 있다고?"

"응, 얼마 전에 코리아의 영암이라는 곳에 있는 목장을 매입하면서 진출한 회사야. 그때 수도권에 위치한 연구소도 매입했어. 즉, 코리아에 머레이 걸번 코리아라는 법인을 세운 거지."

"바이스탠드일 확률은?"

"그게 좀 묘해."

감이 안 잡힌다는 얘기.

"흠, 그렇겠지."

호건의 말에 체프먼도 턱을 괴고는 눈살을 잔뜩 찌푸렸다.

참으로 난감한 경우가 바로 생뚱한 업체가 끼어들 때다.

그리고 경락을 받을 확률이 거의 백 퍼센트라는 점이 판단을 흐리게 했다.

왜냐면 필요에 의해서 끼어든 경우 경락 가격도 거의 실제가에 근접한다. 고로 가장 경계해야 할 상대였다.

"머레이 걸번이 1조에 달하는 건물을 매입해야 할 이유가 있는 거야?"

"그래서 나도 답답해하는 중이야."

"후우—! 답답하다고 포기할 건 아니잖아? 뭐라도 좋으니 대책을 내놔 보라고."

"잠시 기다려 봐. 지금쯤 출근했을지 모르니까."

"어딘데?"

"호주. 시차가 1시간밖에 안 나더라고."

체프먼이 벽에 걸린 시계를 확인했다.

오전 10시 5분이다. 그렇다면 호주는 09시 05분이니 회사원이라면 모두 출근했을 시간이었다.

"……?"

"스피커를 켜고 통화할 테니 보스도 같이 들어."

탁자 위의 전화를 자신의 앞으로 끌어온 호건이 쪽지를 펴더니 버튼을 눌렀다.

"……?"

"어렵게 확보한 전화번호야. 그리고 이 전화로 의중을 알 수 없다면 마크맨으로 인정할 수밖에 없어."

말하는 도중에 전화가 연결됐다.

─머레이 걸번의 케이지입니다. 무엇을 도와 드릴까요?

"마크 설리번 씨와 통화하고 싶은데요. 부탁합니다."

─누구시라고 전해 드릴까요?

"파이낸싱스타 코리아 법인의 호건이라고 전해 주시오."

─잠시만 기다려 주세요.

얕은 딸깍 소리가 나면서 시간이 잠시 흐르고 예의 여직원의 음성이 들려왔다.

―돌려 드리겠습니다.

"고맙소."

"용건을 묻지도 않고 바꿔 주는군."

"어차피 생산과 판매를 동시에 하는 업체니 친절하자는 거겠지."

모두가 고객의 입장에서 대할 것이라는 뜻.

―마크 설리번입니다.

"아, 파이낸싱스타 코리아 법인의 호건이라고 합니다."

―반갑습니다. 제게 용건이 있습니까?

"한 가지 여쭤 보고 싶은 것이 있어서요. 실례가 안 된다면 물어도 되겠습니까? 아, 시간을 많이 빼앗지는 않을 겁니다."

―예. 제가 대답할 수 있는 거라면요.

"혹시 머레이 걸번에서 코리아에 있는 빌딩을 매입할 계획을 가지고 있는지요?"

"아, 아. 이번에 회장님께서 그럴 마음을 가지고 계신 걸로 알고 있습니다. 어제 연락하시기를 오늘 경매에 참가할 거라고 했지요. 근데 그건 왜 묻지요?"

"하핫, 우연인지 우리 회사와 겹치는 부분이 있어서 확인하고 싶어서입니다."

─그러시다면 코리아에 계신 회장님과 통화하는 게 빠르지 않겠습니까?

"계신 곳을 몰라서요."

─제가 연락처를 알려 드릴까요?

"아, 괜찮습니다. 어차피 이따가 만나 뵐 텐데요, 뭐. 친절한 말씀 감사합니다."

─별말씀을요.

딸깍.

"이 정도면 확실히 마크맨이라고 인정해야겠군."

"그렇다고 봐야 해."

"빌어먹을. 외투사들보다 더 신경 쓰이게 하는군."

"뜬금포가 등장할 때는 원래 그렇잖아?"

"골드프린스는 뭐야?"

"쥬얼리 회사야."

"뭐? 보석 가게라고?"

"응. 실제로는 쥬얼리 회사들이 연합해서 조성한 자금으로 골드프린스가 대신 경매에 참여하는 형식이지."

"일종의 조합이란 얘기군. 리스크는?"

"머레이 걸번보다는 아래야."

"하면, 우리가 예상한 6억 6천 달러에서 더 올라갈 수도 있단 말이군."

원래는 최대 8천억 원을 마지노선으로 잠정 결정해 둔 상태였다.

"그건 현장에 가서 분위기를 봐 가며 정하자고. 다만 더 올릴 경우를 감안해 상한선을 미리 정해 놓을 필요는 있을 거야."

"좋아, 그건 그렇게 하도록 하고. 센추리홀딩스는?"

두 번씩이나 뒷통수를 맞다 보니 은근히 신경이 쓰이는 업체여서 묻는 것이다.

"일전에 도레미백화점을 싹쓸이해서 자금이 한참 모자랄 거야. 명단에도 없는 걸 보면 알잖아?"

"외투사들은 전부 참여할 테고……."

"그래. IMF 탈출 전의 마지막 매머드 물건이니까."

전에 없이 경쟁이 심할 것이란 얘기였지만 그들의 투자 방식이 자신들만큼 파격적이지 않아 걱정을 하지 않는 눈치인 두 사람이다.

다만 신경이 쓰이는 회사는 오로지 머레이 걸번이었다.

"제길, 경락을 받는다고 해도 별 재미를 못 보겠군."

"아니다 싶으면 손을 털어 버려도 좋고."

"이봐, 그걸 말이라고 해! 코리아의 구제금융이 곧 해제된다는 걸 몰라?"

"알아, 투자 기간 대비 환금할 수 있는 기간이 짧다는 것도 잘 알지."

코리아가 구제금융하에서 벗어난다면 경제력의 규모로 보

아 부동산들이 원래의 금액으로 환원되는 것은 시간문제라는 애기다.

즉, 자금이 묶이는 기간이 짧아진다는 뜻.

"그런데도 그런 말을 해?"

"보스가 투덜대는 투자는 하고 싶지 않아서야. 이건 진심이라고."

"난 또…….."

호건에게 눈을 흘겨 준 체프먼이 일어섰다.

"마이클에게 돌아오라고 해. 그까짓 것 돈질에 견딜 놈은 아무도 없어. 식사나 하자고."

"그래, 배가 든든해야 싸우지."

하지만 체프먼과 호건은 문을 나서기도 전에 '텅!' 소리를 내며 거칠게 들어선 사내 두 명에게 막혀 버렸다.

문 앞을 막아선 이들은 실로 대조적이라고 할 만큼 체구나 인상이 전혀 다른 사내들이었다.

더구나 코리안이 아닌 외국인.

"헛! 뭐, 뭐야? 당신들!"

"딱 보니 네 녀석이 체프먼이란 망나니로군."

둘 중 왜소한 체구의 노랑 머리 사내가 앞으로 나서면 눈을 희번덕거렸다.

"뭐, 뭐라고? 방금 뭐라고 했어?"

"흥. 왜? 망나니란 별명을 오랜만에 들어서 기분이 상했나?"

"아, 아니, 이 밤톨만 한……."

"보, 보스, 잠시만……."

막 발작하려는 체프먼의 앞을 얼른 가로막은 호건이 물었다.

"어디서 오신 분들입니까?"

"호오! 이런 시궁창 같은 곳에 그래도 예의를 아는 놈이 있었군."

스윽.

'비죽' 하고 입꼬리를 올리던 노랑머리 사내가 대뜸 호건의 앞으로 다가선다 싶더니 그대로 부딪쳤다.

아니다. 아니다. 그대로 몸을 뚫고 나갔다고 해야 옳았다.

어느 결에 호건을 통과해 체프먼을 스쳐 간 노랑머리 사내.

그냥 '쑤욱' 하고 호건의 몸을 통과한 것이다.

그야말로 심장이 '쿵!' 하고 떨어질 정도로 기겁할 일.

"……!"

호건은 노랑 머리 사내가 부딪치듯 다가서자 비키려고 했지만 순간적으로 착각인가 싶게 몸이 겹치는 느낌이 들어 흠칫했다.

순간, 별안간 전신이 서늘해지면서 오장육부가 밀려 나가는 기분이 든 호건의 신형이 휘청했다.

마치 의지 없이 움직이는 불수의근처럼 지극히 미세한 움직임이었지만 분명히 느꼈다.

'이, 이게 무슨 말도 안 되는…….'

직접 몸으로 체감했음에도 호건은 '착각이겠지.' 하고 지나쳐 버렸지만 소름이 목덜미에서부터 쫙 올라오는 것은 어쩔 수 없었다.

그만큼 실감이 났다고나 할까.

그때, 노랑 머리 사내의 음성이 들려왔다.

"사무실 좋네."

마치 제 안방처럼 휘둘러보던 노랑 머리 사내가 체프먼의 자리에 털썩 주저앉더니 다리를 꼬았다.

"케이힐, 지붕 안 무너져. 이리 와서 앉지그래."

"스캇, 난 홍차가 마시고 싶다고."

마치 레슬러처럼 덩치 큰 백인 사내가 성큼성큼 걷더니 소파에 주저앉았다.

쿨렁.

몸무게 때문인지 소파가 아래로 쑥 꺼졌다.

"누, 누구십니까?"

"내가 타일러를 찾아온다고 하지 않았나?"

'허억! 타, 타일러!'

하마터면 소리를 지를 뻔했던 호건이 놀란 표정을 숨기려 황급히 돌아섰다.

체프먼도 무척이나 기분이 상했던 듯 우거지상을 하고 있다가 스캇의 말을 듣자마자 대번에 안색이 창백해졌다.

"타일러를 빨리 불러 주는 게 좋을 거다."

"어이, 홍차 좀 가져오지그래?"

"아, 자, 잠시만……."

하시라도 자리를 피하고 싶었던 호건이 재빨리 밖으로 나갔다.

호건을 따라서 나가고 싶었던 체프먼은 그저 마음뿐 도무지 발이 떨어지지 않았다.

그도 그럴 것이 그는 분명히 본 것이다. 찰나간에 흐릿해지면서 얼핏 잔상이 비친다 싶더니 스캇이 호건의 몸을 통과하는 것 같은 착각이 들었다.

이어서 자신의 앞을 버젓이 지나쳐 가는 모습까지.

결코 허상을 본 것은 아니었다.

당연히 얼굴이 백짓장처럼 하얘지고 뇌리는 지금까지 체감하지 못한 경험에 경련이 인 볼살이 '푸르르' 하고 기타 줄처럼 떨어 댔다.

'에, 에스퍼!'

경악한 체프먼이 소리를 지르려다가 얼른 입을 다물었다. 순간적으로 든 생각이 입 밖에 내서는 안 되는 용어라는 점이었다.

에스퍼, 즉 초감각자를 말함이다.

초감각자는 초능력자를 일컫는 다른 말이었다.

방금 시현된 수법은 고스트 트릭이라는 초능력의 발현이었지만 체프먼이 그것을 알 도리는 없었다.

단지 뇌를 짓누르는 것은 스캇과 케이힐이 저승의 신이라 불리는 플루토Pluto에 소속된 에스퍼들이라는 점이었다.

플루토는 미국이 초능력자들을 비밀리에 양성하고 있는 집단을 말했다.

동시에 초능력자들을 은밀한 임무에 투입하기 위해 전력화시키는 훈련소이기도 했다.

"호오! 망나니인 줄만 알았는데 그래도 일을 하고 있었군그래."

스캇이 체프먼이 신경질을 내며 구겨 버렸던 서류를 펼쳐보고는 이죽거렸다.

"어이, 망나니, 서류를 보니까 오후 2시에 중요한 일이 있는 것 같으니 우리 좀 쉽게 가자고. 네놈 아버지를 봐서라도네 귀중한 시간을 빼앗고 싶지 않으니 말이야."

'개자식이 멋대로 지껄이고 있어.'

망나니.

언제적 별명인가?

울컥하고 반감이 일었지만 조금 전의 장면이 눈에 어른거려 차마 내색하지 못하고 숨을 깊이 내쉬며 스스로 진정하려애쓰는 체프먼이다.

단 한 번 내보인 스캇의 시위는 그만큼 두려워 천방지축인 체프먼을 옥죄기에 충분했다.

그러나 스캇이 말한 것처럼 부잣집 출신의 망나니인 체프먼은 그리 호락호락하지 않았다.

제 아비의 배경을 믿고 다리에 힘을 준 체프먼이 대담하게 나섰다.

그러나 멀리 있는 아비의 배경보다 주먹이 더 가까웠던 탓에 말투는 비교적 정중했다.

"타일러를 코리아로 초청한 사람은 나요. 친한 친구여서 내가 코리아에서 근무하는 동안 구경시켜 주고 싶어서였소. 하지만 타일러가 내 사무실에 온 건 입국한 날 딱 한 번뿐이었소. 그 이후로는 전화로 통화만 했지 얼굴은 보지도 못했소."

"푸후후훗, 그게 다야?"

"또 뭐가 있다는 말이오?"

"그으래?"

스캇의 의미심장한 시선이 영자 신문을 뒤적이고 있는 케이힐에게로 향했다.

"케이힐, 저 망나니의 말을 어떻게 생각해."

"스캔을 해 봤더니 한 번 왔었던 건 맞아."

이미 과거의 흔적을 살펴봤다는 뜻.

이로 보아 케이힐 역시 초능력자로 물체에 남겨진 과거의 잔상을 볼 수 있는 사이코메트리에 특화된 자라는 의미였다.

"오호! 거짓을 말한 건 아니로군. 다른 건 없어?"

"뭐, 포토맥 강의 시큼한 냄새가 나긴 하는데, 별로 중요한 것 같지는 않으니 무시해도 좋을 것 같아."

"랭글리족들이 왔다 갔다고?"

랭글리족이란 이미 언급했듯 CIA를 뜻하는 은어였고, 포토맥 강을 입에 담은 것은 CIA 본부가 워싱턴 D.C 근교인 버지니아주 랭글리의 포토맥 강가에 위치하고 있어 빗대서 표현한 것이었다.

"응, 두 명."

케이힐이 손가락 두 개를 들어 보였다. CIA 요원인 토미와 그랙을 두고 하는 말이다.

"우리가 온 것도 알고 있겠지?"

"이봐, 아마추어처럼 왜 그래? 공항이란 곳이 정보기관들의 눈이 촘촘하게 깔려 있는 장소임을 몰라서 묻는 거야?"

당연하다는 소리.

"모르긴…… 그냥 물어본 거야."

"타일러 문제는 감쪽같아야 할 거야."

"풋! 랭글리족이 알았다고 해서 증명이나 할 수 있겠어?"

"뭐, 심중으로야 우리를 의심하겠지만 딱 거기까지지. 하지만 팀장의 심기는 가능하면 건드리지 않는 게 좋을 거야. 신신당부하던 얼굴을 잊지 마."

"하긴 코란트의 지랄 같은 성격은 누구도 못 말리지. 너무 걱정하지 말라구."

너무 티 나게 나대지 않겠다는 말.

"망나니, 너 이리 좀 와 봐."

"거, 망나니란 말 좀 하지 마슈. 언제적 얘긴데⋯⋯."

"쿠쿠쿡, 지금 네 녀석이 내 앞에서 재롱을 부리겠다는 거냐? 잔말 말고 오기나 해."

'마더퍼커!'

비록 내심이긴 했지만 내뱉지 말아야 할 심한 욕을 퍼부어 댄 체프먼이 내키지 않는 걸음으로 스캇에게 다가갔다.

스캇의 표정에 변함이 없는 것으로 보아 마음을 읽는 능력은 없는 것 같았다.

"망나니, 타일러가 전화한 내용이 뭔지 말해 봐."

"여행 잘하고 있으니 걱정하지 말라고 했소."

"풋! 이거 왜 이러시나? 타일러가 그렇게 순순한 놈이 아니란 걸 잘 아는 녀석이⋯⋯. 대가리 대 봐."

"⋯⋯?"

"어허! 대가리를 내 앞으로 대 보라니까!"

"왜, 왜⋯⋯?"

선뜻 머리를 내밀기가 두려워진 체프먼이 주춤 물러섰다.

"쯧, 해칠까 봐 그래? 노! 노오! 네놈 따위를 해쳐서 뭐하게? 그냥 손만 대 보려는 거니까 안심하라고."

'선 오브 비치!'

또다시 속으로 욕설을 해 댄 체프먼이 체념했다는 듯 허리를 굽히며 머리를 갖다 댔다.

"짜식, 진즉 그럴 것이지. 타일러와 마지막 통화를 한 때가 언제야?"

"시, 십오 일 전쯤이오."

"그래?"

스윽.

무슨 꿍꿍이속인지 체프먼의 양쪽 관자놀이로 두 손바닥을 감싸듯 갖다 댄 스캇이 지그시 눈을 감았다.

'윽.'

돌연 뇌를 얼릴 듯한 차가운 기운이 머리로 스며드는 것에 체프먼이 비명을 지르려다가 금세 사라지자 입을 다물었다.

그런데 조금 어지럽다 싶더니 차츰 정신이 혼몽해지기 시작하는 것을 감지한 체프먼이 머리를 빼려고 했지만 어쩐 일인지 꿈쩍을 할 수가 없었다.

마치 보이지 않는 거대한 아나콘다에게 전신이 칭칭 감긴 것처럼 옴짝달싹할 수가 없다.

그런데 자신도 모르게 저절로 졸음이 왔다.

그때, 스캇이 양손을 떼었다.

"짜식, 무던히도 참았군."

"……?"

"얌마, 고자야, 조루야?"

"그, 그게 무슨 말이오?"

"왜, 코리안 여자들이 예쁘지 않았던 거야?"

여자와 왜 동침하지 않았냐는 소리다.

"댐! 그럴 시간이 어딨다고……!"

"쿠쿠쿡, 근데 거짓말은 왜 한 거야?"

"뭐, 뭔 거짓말을 했다고……?"

"짜식아, 타일러에게 일을 시켜 놓고 왜 말하지 않았느냔 말이다!"

'헉!'

예리한 놈.

내심 식겁한 체프먼이 재빨리 머리를 굴리고는 말했다.

"그야……. 마침 손봐 줄 놈이 있어서 슬쩍 운을 뗀 것뿐이지 일부러 의도한 것은 아니오."

"흥! 결과는 코리아를 구경시켜 주는 값으로 타일러에게 부탁, 아니 의뢰를 했다는 거잖아?"

"친구 간에 무슨 의뢰씩이나……. 애초에 그럴 마음도 없었지만 때마침 그 친구가 방문하는 바람에 그냥 지나가는 말로 한 부탁이었소. 진짜요."

"흠! 뭐, 그렇다고 치고. 그럴 일이라도 있었나?"

거기까지는 기억 재생이 되지 않은 듯했다.

"사업에 방해가 되는 놈을 좀 손봐 줬으면 하고……."

"성공은 했고?"

이 역시 감지하지 못했다는 말.

'씨불, 그 정도는 알아야 하는 것 아냐?'

에스퍼의 능력을 과신한 체프먼의 넋두리다. 하지만 곧 고개를 끄덕이며 이실직고했다.

"말투로 보아서는 절반의 성공이었던 것 같았소. 한 사람을 죽였으니까."

"호오! 사람을 죽였다?"

그 부분에서 호기심을 발한 스캇이 다시 물었다.

"그 녀석 특기를 살렸겠군."

스나이핑으로 처리했을 거라는 말.

"살인에 총을 사용한 건 아니지만, 그 후에 총기를 사용한 모양이오. 그 일로 한동안 코리아가 떠들썩했었소."

"뭐? 고작 그까짓 일로?"

"거, 모르는 소리 하지 마쇼. 코리아라는 나라는 총기 사용이 금지된 국가요. 그 말은 총기 사건에 대해서는 온 나라가 들고일어난단 뜻이오."

"뭐? 전쟁 중인 나라잖아? 그 무슨 말도 안 되는……."

당연히 총기 사용이 빈번할 것이라는 얘기.

"틀린 말은 아니지만 지난 반세기 동안 휴전이 이어지는 바람에 전쟁 중이란 말은 적당하지가 않소. 하지만 칼만 소지하고 있어도 잡아가는 나라가 코리아란 말은 틀림없소."

"헐! 믿어지지가 않는군."

스캇의 표정만 봐도 대한민국에 대해 별로 아는 것이 없다는 기색이 역력했다.

"아무튼 타일러가 저지른 일로 한바탕 홍역을 치른 건 맞소. 그래서 코리안들의 신고로 인해 타일러가 쫓겼던 같소. 백인인 타일러가 코리안들 사이에 몸을 숨기기는 어려웠을 테니까 말이오."

"하면 쫓기다가 죽었을 공산이 크단 말인데……."

살아 있다면 연락이 닿았을 것이란 말과 같다.

"거기까지는 잘 모르겠소."

"어쨌든 절반의 성공이란 얘기군. 보답은 뭘로 하려고 했나?"

"그런 말은 오가지 않았소. 하지만 내가 생각했던 건 있소."

"물론 돈이겠지."

끄덕끄덕.

"얼마지?"

"10만 달러……."

"쳇! 겨우?"

"……."

"뭐, 친구였으니 그럴 수 있지."

머리를 주억거린 스캇이 조금 전에 직원이 놓고 간 홍차를 홀짝거리는 케이힐을 힐끗 보고는 말을 이었다.

"망나니, 거기에 10만 달러만 더 보태. 그럴 수 있지?"

"그건 어, 어렵지 않소만……. 어쩌려고……?"

"절반의 성공이었다면 처리할 놈이 또 있다는 거잖아?"

끄덕끄덕.

"그야……. 죽은 놈은 곁가지에 불과한 녀석이었소. 정작 목표로 한 놈은……."

'이걸 어떻게 얘기해야 하나?'

그날 이후로 도통 눈에 보이질 않으니 타일러가 처리했는지 어쨌는지 알 수가 없어서다.

어제까지 살펴본 바로는 놈이 센추리홀딩스에 전혀 나타나지 않고 있었다.

뭐, 깊이 관여되어 추적한 것이 아니라 단순히 직원을 통해 감시만 하는 수준이라 죽었는지 살았는지 알 수가 없다.

"나름대로 추적을 한다고 했지만 지금은 행방을 알 수가 없소."

"그건 우리에게 맡기고 어느 놈인지만 말해."

"잠시만……."

옳다구나 싶었던 체프먼이 얼른 꽂아 둔 파일을 펼치더니 A4 용지 한 장을 골라 건넸다.

"여기 적어 놓은 놈이오."

"좋아, 당장 계좌를 개통해 돈을 쓸 수 있게 해 놔. CD도 사용할 수 있는 걸로. 할 수 있지?"

활동비가 필요하다는 얘기.

"미룰 것 뭐 있소? 당장 드리죠."

스캇에게서 한시라도 빨리 벗어나고 싶었던 체프먼이 지갑에서 카드 한 장을 꺼내서 내밀었다.

"법인 거냐?"

"그렇소."

"그건 곤란해."

머리를 젓는 스캇을 본 체프먼이 이해한다는 듯 고개를 끄덕였다.

"그럼, 내 명의로 된 건 어떻소?"

"망나니, 사업 안 하고 싶어? 만에 하나라는 것이 있음을 몰라?"

"후우, 좋소. 마침 점심식사 때니 식사부터 하고 있으시오. 그동안에 준비해 놓을 테니 말이오."

"빨라서 좋군. 케이힐, 가자고."

"어, 그래."

같은 시각, 거산실업 10층.

센추리홀딩스의 핵심 멤버들이 모두 모인 가운데 담용이 한창 통화에 열중하고 있었다.

"예, 예. 그럼요. 겉으로 보기엔 우린 전혀 관계없는 사이죠. 예, 예, 하핫. 멕코이 씨, 그럼 이따가 제가 보이지 않더라도 서운해하지 마시고 경매에만 열중하시기 바랍니다, 하하핫! 그런가요? 이거……. 아가씨를 붙여 주는 건 제 취미가 아닌데 어쩌죠? 하하핫, 아무튼 잘 부탁합니다. 이만 끊겠습니다."

탁!

통화를 끝내자마자 또다시 진동음이 울렸다.

마지막 대화 내용이 머쓱했던 담용이 마해천 회장을 비롯한 멤버들에게 묵례로 양해를 구하고는 수신 버튼을 눌렀다.

"쯧, 제 녀석 혼자 바쁜 놈이 뭐하러 우리 같은 늙은이들을 불렀나 몰라."

"냅 둬. 저 녀석이 요즘 그런 맛에 사는 것 같으니까."

주경연 회장의 불퉁한 말에 마해천 회장도 동감이라는 듯 덩달아 불퉁거렸다.

고상도 회장은 막 걸려온 전화로 통화를 하느라 대화에 끼어들지 못했다.

'에구, 노인네들이 단단히 심술이 났어.'

무안했던 담용이 슬쩍 자리를 옮기며 속삭이듯 말했다.

"미첼! 미스터 육입니다."

-허헛. 식사는 했는가?

"아직요. 미첼은요?"

-나는 지금 막 와이프랑 식당에 들어왔네.

"하핫, 맛나게 드십시오. 혹시 할 말이 있습니까?"

-이미 며칠에 걸쳐서 설명을 들었는데 할 말이 뭐 있겠
나?

"그럼……?"

-방금 마크에게서 전화가 왔었다는 말을 전하려는 게지.

"설리번 씨가요?"

-그러네. 파이낸싱스타에서 전화가 왔었다는구먼. 이름
이 호건이라더군.

"아, 호건은 파이낸싱스타의 한국 법인에서 체프먼 다음
서열인 잡니다. 뭐라고 하던가요?"

-미스터 육이 시키는 대로 대답을 했다더군.

"하하핫, 역시……."

-마크는 정말로 전화할 줄은 몰랐다더군.

"투자회사들은 마지막까지 정보를 취하는 게 기본적인 업
무인걸요. 아무튼 대신 수고하셨다고 전해 주십시오."

-이미 그렇게 말했다네. 미스터 육이 고마워할 거라고 말
일세.

"감사합니다. 근데 혜영 씨도 같이 갈 겁니까?"

-허허헛. 달링도 경매장에 한번 가 보고 싶다고 하니 어
쩌겠나?

"후훗, 별로 권하고 싶지는 않지만 본인이 원한다면 어쩔

수 없죠. 아무튼 잘 부탁드립니다."

"염려 말게. 그럼 이따가 다시 연락하세나."

"넵! 수고하십시오."

강하고 짧은 멘트로 통화를 끝낸 담용이 서둘러 자리로 돌아오면서 소리쳤다.

"만박아, 자료 다 됐냐?"

세 노인이 빤히 주시하는 시선이 괜히 멋쩍어서 낸 소리가 아니라 탁자 위에 놓여 있어야 할 서류가 아직도 보이지 않아서다.

"출력만 하면 되니 잠시만 기다리세요."

"얌마! 그새 솜씨가 녹슬었어? 왜 이리 늦어?"

"아뇨, 이사님이 자료를 늦게 준 건 생각 안 해요?"

사무실에서는 이사로 불리는 담용이다. 실제로도 센추리 홀딩스에 이사로 등재되어 있었다.

"헤휴! 거 우물가에서 숭늉 달라고 하면 아가씨에게 싸대기 맞는다고요. 요즘 아가씨들이 얼마나 거센지 몰라요?"

"인마, 넌 아가씨가 아니잖아?"

"아무튼요. 잘됐는지 보시기나 해요."

"보나 마나지 뭐. 한 장씩 나눠 드려."

"넵!"

만박이 세 노인네 앞에 자료를 돌릴 때, 담용이 입을 열었다.

바인더북

"나눠 드리는 자료는 알고 계시다시피 오늘 경매 건에 관한 것입니다. 한번 살펴보시지요."

담용이 자리에 앉으며 말하자, 마해천 회장이 서류를 밀어 내며 말했다.

"인석아, 그냥 읊어."

뭐가 그리 못마땅한지 여전히 불퉁한 음색이다.

"그래, 나도 이따위 숫자만 늘어놓은 서류 쪼가리보다 담용이 네 입으로 직접 듣는 게 더 낫겠다."

고상도 회장마저 서류를 담용의 앞으로 밀어 냈다.

"좋습니다. 오늘 경매에 대해 간단히 결론을 지으면 우리는 낙찰을 받지 않는다는 겁니다."

"푸헐! 내 그럴 줄 알았다."

이미 짐작했다는 듯 주경연 회장이 고개를 주억이고는 재차 물었다.

"그래, 어디 낙찰받을 의도가 없는데도 불구하고 그토록 똥강아지처럼 뛰어다닌 이유나 들어 보자."

"에이, 그렇다고 똥강아지에 비유하고 그러세요?"

"싫어?"

"그럼요. 제가 강아지도 아니고……."

"그럼 풀 방구리로 하지 뭐."

"에? 풀 방구리요?"

"그래, 인석아, 그동안 풀 방구리에 쥐 드나들듯 들락날락

했으니 읊어 보란 말이다."

"그냥 강아지 할래요. 앞에 '똥' 자는 빼고요."

"허허헛, 그럼 방방 뒤는 푸들로 하지 뭐. 어디 그 근사한 이유나 좀 알자."

'아쒸, 푸들은 또 뭐야?'

내심으로 입이 툭 튀어나왔지만 더는 내색하지 않았다.

앞에 앉은 세 노인은 담용에게 없어서는 안 될 지인이었고, 동료였으며, 격의 없이 농담을 주고받을 수 있는 친인들이었기 때문이다.

그만큼 격의가 없는 사이라는 의미다.

"기본적인 모토는 우리가 경매로 나오는 물건마다 경락을 받을 수 없다는 겁니다."

"알고 있다. 자금의 한계로 인한 것이라기보다는 외투사들에게 헐값에 넘어가는 것을 방지하는 게 그 목적이니까."

"맞습니다."

"그러니까 이번에도 앞에서 살레발만 쳐 놓고 물러나자?"

"예. 외투사들은 결코 바보가 아닙니다. 단순히 우리 센추리홀딩스가 명단에 없다고 해서 방심할 바보들도 아니고 어중이떠중이들이 명단에 올랐다고 해서 안심할 작자들도 아니라는 거죠. 그래서 저는 여차하면 실질적으로 매입할 여력이 있는 회사들을 섭외하느라 그동안…… . 푸, 풀 방구리에 쥐 드나들듯 움직인 거죠."

"으허허헛, 결국 제 입으로 풀 방구리를 드나든 쥐라고 시인하는구먼. 근데 흉내만 내는 유령이 아니고 직접 매입할 수 있는 회사들이라고 했냐?"

"예."

"그렇다면 3천억 원은 왜 필요했던 거냐?"

"그건 합작 투자 형식으로 참여하기 위해서입니다. 사실 노든웨스트 홀딩스사의 자금력이 좀 약한 편입니다. 다행히 대표인 멕코이 씨의 관심이 지대해서 모자라는 금액을 저희가 보정해 주는 형식으로 참여하게 한 겁니다."

"허헛, 저놈의 꼬임에 넘어갔구먼."

"에이, 그 정도나 되는 사람이 제가 몇 마디 한다고 해서 꼬일 리가 있습니까?"

"인석아, 우리가 네놈의 능력을 아는데 무슨……!"

세모꼴로 눈을 좁힌 주경연 회장이 다시 물었다.

"암튼 가능성은 있고?"

"여차하면 경락을 받을 수도 있습니다만, 가능성은 제로로 봅니다."

"뭐? 제, 제로?"

"예, 파이낸싱스타의 체프먼이 절대 물러날 리가 없기 때문이죠."

"얼마를 쓸 줄 알고?"

"아마 모든 걸 감안해서 지를 것으로 여겨집니다."

"이윤이 별로인데도 그럴까?"

"그렇지가 않습니다. 제가 취합한 정보에 의하면 우리나라가 곧 구제금융하에서 탈출한다고 합니다."

"잉? IMF에서 벗어난다고?"

"헐! 그, 그게 정말이냐?"

"예, 분명합니다. 아마 12월 초쯤 단기 차관을 전부 변제할 거라고 하네요."

"호오! IMF 관리 체제에서 벗어난다면 이번 HD빌딩 건은 치열하겠구먼."

주경연 회장도 여의도 증권가에서 노는 사람이라 대번에 돌아가는 판세를 읽었다.

"맞습니다. 환금성이 빠르다면 다소 과한 투자라도 해 볼 만하지요."

"그렇지. 투자를 해 놓고 하 세월을 기다리는 것과 단기투자와는 질적으로 다르지. 하면 파이낸싱스타도 그런 정보를 알고 있을 가능성이 크겠구나."

"당연합니다. 정보가 곧 돈인 회사들이라니까요."

"그럴 게다. 얼마를 써 내면 안정권으로 보느냐?"

"적어도 8천억 원 이상일 것으로 예상됩니다."

"흠, 8천억 원이라……."

실로 기대 이상의 금액이었다.

"하핫, 제가 똥 마려운 강아지처럼 설치고 다닌 데는 그럴 만한 계기가 있었습니다."

"엉? 그래?"

"예. 정보에 의하면 놈들이 7천억 원 내외로 HD빌딩을 가져가려고 했거든요."

"헐! 도둑놈들로세."

"허! 완전히 날강도일세그려."

"리세일 가격은 어떻게 보느냐?"

"미니멈 1조 2천억 원요."

"푸헐-!"

"무서운 놈. 노든웨스트 홀딩스, 아니지 멕코이란 코쟁이는 네놈에게 실컷 이용만 당하고 물켜게 하다니."

주경연 회장의 말 그대로였다.

물경 3천억 원에 이르는 자금을 투자하면서까지 멕코이를 끌어들인 담용의 술수는 그야말로 잔인한 면이 있었던 것이다.

"멕코이 씨는 경험이 많을 뿐만 아니라 국제적인 감각까지 갖춘 것은 물론, 닳고 닳을 정도로 약은 투자잡니다. 이 말은 웬만한 미끼가 아니고서는 낚아채기가 어려운 사람이라는 거지요."

"하지만 결국 낚았잖느냐?"

"그야……. 큼큼, 어르신들이 3천억 원이란 돈을 내주셨으니 가능했죠."

"용석 보게. 결국 우릴 끌어들여 공범으로 만들어 버리는 구먼."

"여시라니까, 그것도 불여우."

"아니, 아까부터 왜 자꾸 풀 방구리니 강아지니 불여시라고 그래요? 전 남자라고요."

"흥! 겉보기야 그럴듯하게 보이는 사내지. 저거 좀 벗겨 봐야 하는 건 아닌지 몰러."

'아놔, 오늘 왜 저러시나?'

특히 주경연 회장의 이죽거림이 좀 심한 편이었다.

'손녀 땜에 그런가? 아니면 전번 여의도에서 주먹을 쓴 일을 때문에 그러는 건가? 젠장, 뭔가 단단히 삐쳐도 삐친 것 같은데…….'

아무래도 손녀를 봐주지 않아서 그러는 것 같다. 하지만 아직은 공부가 덜 된 탓에 선뜻 봐주겠다고 나서기가 어려웠다.

다행히 고상도 회장이 정색을 하고 말하는 바람에 담용이 반색하며 쳐다보았다.

"담용아, 그거 우리 조합에서 받으면 안 되겠냐? IMF에서 탈출한다면 우리가 단기로 치고 빠져나오면 될 것 같은데, 말이다. 응?"

조합이란 쥬얼리 조합을 말했다.

즉, 골드프린스의 경매 참여가 담용의 사주를 받은 고상도 회장의 작품이란 소리다.

이 역시 당연히 센추리홀딩스의 자금이 포함되어 있는 상태였다.

이는 쥬얼리조합장이 바로 고상도 회장이었기에 가능한 일.

절레절레.

욕심이 났는지 고상도 회장이 담용에게 얼굴을 들이밀면서까지 관심을 보이자, 담용이 세차게 머리를 저었다.

"아니, 왜?"

"우리가 돈을 벌자고 한 사업이 아니잖아요?"

"인석아-! 더 많이 벌어서 좋은 일에 쓰면 되잖아!"

"경락받기 결코 쉽지 않을 것 같아서 하는 말입니다."

"8천억 원이라며?"

"그 금액은 드러난 경락 가격이고요."

"하면?"

"제가 고작 드러난 금액을 가지고 이러는 게 아닙니다. 적어도 9천억 원 이상의 경락 금액을 노리고 있다고요."

"뭐, 뭐라고? 구, 구천억?"

"예, 아마 그 이상일 될 확률이 클 겁니다."

담용의 말에 혹했던 고상도 회장의 표정이 대번에 일그러졌다.

9천억 원이라면 못할 것도 없다.

하지만 한동안 자금이 꽁꽁 묶여 버리는 것은 고사하고 이윤이 생각했던 것보다 박했다.

그리고 말이 좋아 리세일이지 어떤 변수가 작용할지 몰라 팔릴 때까지 불안해서 불면증이나 신경쇠약에 시달릴지도 몰랐다.

아무리 황금왕이라 불린다지만 8천억도 닥닥 긁어서 모을 판인데, 그보다 더 큰 거액의 자금이 묶인다면 삐끗만 해도 목줄이 조이는 부도 사태가 일어날 위험성이 있었다.

"정말 9천억 원 이상을 노리는 거냐?"

"그럼요. 그러니 포기하세요. 대신 이번 일이 끝나면 다른 사업을 하게 될 겁니다. 그때는 돈을 좀 만지게 해 드리겠습니다."

"호오! 구상해 놓은 게 있느냐?"

"하하핫, 그건 다음에 말씀드릴게요. 지금은 HD빌딩을 최대한 비싸게 파는 게 목적이라 거기에 촉각을 곤두세워야 합니다."

"쩝, 할 수 없지."

"고 회장님, 골드프린스는 이상 없지요?"

"아마 지금쯤 출발했을 거다."

"한 번 더 주의를 주세요."

"알았다. 절대 내색하지 말라고 하지."

"신경을 바짝 써 주세요."

"알았다니까."

"그럼 이 문제는 여기서 끝낼게요. 질문 있으세요?"

"됐다. 나머지 궁금한 것은 서류를 보면 되지. 수고했다."

"히히힛, 수고는요. 아참, 그리고 이번 참에 보유하고 있는 부동산을 전부 처분할 테니 그리 아십시오."

"다른 사업 때문이냐?"

"예."

"알았다."

"히히힛."

담용이 조금은 가벼운 웃음을 흘리며 마해천 회장을 바라보았다.

"왜? 내게 할 말이 있느냐?"

"지금 시치미 떼시는 거 아니죠?"

"시치미? 뜬금없이 뭔 시치미를 뗀다는 게냐?"

"마 회장님이 저하고 봄에 내기했던 거 기억 안 나세요?"

"내기라고? 너하고 나하고 말이냐?"

"에이, 그새 잊어버리셨어요?"

"인석아, 난 당최 뭔 소릴 하는지 모르겠다."

"그럼 10억 원 내기라고 하면 기억나세요?"

"뭐? 시, 십억 내기를 했다고?"

'얼라? 진짜 기억이 안 나시는 건가?'

표정을 보니 일부러 딴청을 부리는 것 같지 않았다.

'이런! 아직도 나머지를 처분하지 않은 모양이네.'

하긴 내기는 했지만 그렇게 심각하게 받아들이지 않았던 마해천 회장이다. 원금분의 주식은 처분하기로 했는데, 어쩌다 보니 지금까지 끌어안고 있었다.

내기는 다름 아닌 HD건설과 DW자동차가 며칠 간격으로 1차 부도가 난다 안 난다 하는 것이었다.

'가만 날짜가……?'

기억의 전도체를 건드려 떠올려 보았다.

'헛! 임박했잖아?'

오늘이 9월 25일이니 10월 초와 중순경에 나란히 1차 부도 처리가 되는 HD건설과 DW자동차다.

'젠장, 나도 그동안 깜빡하고 있었어.'

하마터면 큰일 날 뻔했다. 머뭇거리고 있을 때가 아니었다.

"마 회장님, HD건설과 DW자동차 주식을 처분했습니까?"

"엉? 아, 아……."

그제야 기억이 났는지 마해천 회장이 당황한 표정을 자아냈다.

"마, 맞아, 그걸 내기했었지."

"지금 내기를 얘기할 때가 아닙니다. 지금이라도 빨리 처분하셔야 합니다."

"그, 글쎄. 그게 말이 쉽지. 당장은 좀 곤란하지 싶구나."

마해천 회장은 영 내키지 않는 표정이다.

"이유 불문입니다. 제가 봄에 주식을 처분해야 하는 이유를 누누이 설명해 드렸잖습니까?"

"그래, 이제 기억나는군."

"다, 담용아."

"예, 주 회장님."

"지, 지금 그게 무슨 말이더냐?"

"주 회장님께서도 혹시 HD건설과 DW자동차 주식을 보유하고 있습니까?"

"당연하지. 그것도 적지 않다. 상도 아우 것도 내가 가지고 있지. 근데 대체 무슨 소리냐? 1차 부도라니!"

'헉! 없는 걸로 알았는데 그게 아니었구나.'

빠르면 열흘 늦어도 20일이면 모두 똥값으로 전락한다. 물론 휴지 조각이 되는 것은 아니지만 타격이 이만저만 아니게 되는 것만은 확실했다.

"세 분 회장님, 제가 거두절미하고 딱 한마디만 하지요."

"그래, 해 보거라."

"세 분, 저를 믿으시지요."

"암은, 믿고말고."

"큼, 그야……."

"믿어, 믿는다고."

세 사람이 한목소리를 냈다.

"그렇다면 지금 보유하고 있는 HD건설과 DW자동차 주식을 당장 처분하도록 하십시오."

"글쎄. 말은 알아들었는데 그럴 만한 근거가 있어야 하지 않겠느냔 말이다."

"오늘은 긴급한 사안이 있으니 설명해 드리기가 좀 그러니 일단 처분하십시오. 다만 한 가지 말씀드리자면, 지금이 HD건설과 DW자동차의 1차 부도가 나기 직전이라는 겁니다."

"아무런 징후가 없는데도?"

"그게 폭풍이 오기 전의 고요라는 겁니다. HD건설과 DW자동차의 이사진들은 모두 입을 꼭 다물고 있는 중입니다. 어쩌면 재정경제부에서도 쉬쉬하며 초비상 상태일 겁니다. 워낙 국가 경제에 미치는 영향이 큰 기업들이니 말입니다."

경제적 파급효과를 염려해 드러내지 못하고 시기를 조율하고 있다는 얘기다.

"타격을 최소화하느라 시기를 조율하고 있다 이 말이냐?"

"예, 틀림없어요."

"넌 그걸 어디서 들었느냐?"

"어디서도 듣지 않았습니다."

"뭐? 그걸 말이라고……."

"주 회장님, 저는……."

담용이 옆에서 듣고 있는 만박이를 의식해 말을 더 잇지 못했다.

"좋습니다. 세 분 회장님, 배 안 고프세요?"

웬 뜬금없이 밥 타령이냐고 하겠지만 주경연 회장은 눈치가 빨랐다.

"인석아, 때가 됐지 않느냐?"

"맞아, 지금 아귀들이 난리치는 걸 억지로 참고 있는 중이었다."

고상도 회장도 순발력 있게 거들고 나섰다.

눈치가 백 단인 마해천 회장도 따라 일어섰다.

"그럼 당장 가시죠. 제가 추어탕 쏠게요."

"추어탕! 그거 좋지."

"그래, 오늘은 추어탕으로 몸보신하지, 뭐."

"만박아, 넌 배달시켜 줄 테니 상황이 어떻게 돌아가는지 좀 살피고 있어라."

"넵, 이사님."

툭!

담용이 서둘러 나가려는 고상도 회장을 건드렸다.

"왜?"

"제가 주문한 반지와 목걸이는 가지고 오셨어요?"

"인석아, 며칠 전에 주문해 놓고 뭔 소리야?"

"에? 아직 안 됐어요?"

"에그, 이넘아, 그거 꽤 복잡한 세공 기술이 필요한 거야. 이건 제 놈이 어려운 주문을 해 놓고 금세 내놓으라고 하면

난 어떡하란 말이냐?"

"에이, 제가 보석 세공에 대해 뭘 알아야죠. 언제 되는데요?"

"나도 기술자가 말하기 전에는 모른다. 장인을 자처하는 부류들이라 자존심이 센 자들이거든. 그러니 진득하게 지둘려."

"대충이라도 몰라요?"

"왜? 결혼식 날짜라도 잡혔냐?"

"무슨 말씀을……."

"짜슥, 얼굴이 뺀질뺀질한 걸 보니 어젯밤에 좋았나 보네."

"아놔, 지금 무슨 말을 하는 겁니까? 그건 가족들에게 선물을 할 거라고요!"

"얼라? 왜 갑자기 소리는 지르고 그래?"

"소리는 누가 질렀다고 그러세요?"

"이놈, 이거……. 도둑이 제 발 저린다더니……. 너, 수상한데."

"에이참, 제가 가족이 많다는 잘 아시면서 그러세요?"

"크흠. 오냐, 오늘은 그냥 넘어가지. 하긴 어쩐지 개수가 많더라니. 어서 가자. 배고프다."

"넵!"

앞서가는 고상도 회장을 따라가는 담용의 가슴이 급격한

기복으로 불뚝불뚝했다.

'귀신이네.'

지레짐작임을 알면서도 담용으로선 지난 주말의 일로 인해 꼭 죄를 들킨 것만 같은 기분이었다.

다음 권으로 이어집니다

200평 초대형 24시 만화방

📖 수원시청점

로데오거리　　　　　●농협

●CGV　　　　⑧ 수원시청역 8번출구

24시 만화방
3F　　●홍콩반점

TEL : 031-226-3771
수원시 팔달구 인계동 1041-11 3층 24시 만화방

수면실 (침대식) ── 사우나석

2인석 ── 샤워실

세탁기 ── 신간100%

📖 의정부점

의정부역 ④ ⑤　　　　흥선지하도

◀서울방향

진성약국　　　던킨도넛츠

　　　　　24시 만화방
　　　　　3F

TEL : 031-856-3971
경기도 의정부시 의정부동 197-13 3층

📖 안양점

●안양역　　　　　　육교

◀관악역　　　　　　명학역▶

●농협　　24시 만화방
2F
　　　　안양일번가

TEL : 031-466-3771
경기도 안양시 안양동 674-163 공룡고기건물 2층

📖 주안점

주안 남부역

◀제물포　　민병철 어학원　　간석동▶

　　　　24시 만화방 **6F**

TEL : 032-426-2871
인천광역시 주안남부역 지하상가 4번 출구 GS25시 건물 6층

📖 안산점

롯데백화점　　태봉길 사거리　　●롯데시네마

(구) 메가넥스 4층
24시 만화방

중앙역 4거리　　　〈안산패션 1번가〉

●중앙역

TEL : 031-486-6981
경기도 안산시 단원구 고잔2길 41 4층

이해날 장편소설

스트라이커

IT'S SHOW TIME!
'미친 전차' 오철영이 펼치는 기상천외한 역전 스토리!

언제나 막말로 트러블을 일으켜
안티를 급증시키던 축구 천재 오철영
계획적인 린치로 선수로서의 생명을 잃고 좌절하던 중,
선행할수록 부상을 회복하는 능력이 생긴다!

복수를 꿈꾸며 팔자에도 없는 선행을 하는 한편
최하위 구단인 수원 타이거즈에 들어가
도박 중독인 구단주와 목숨을 건 내기를 하는데……

복수를 위해서라면 스포츠 도박도 불사한다!
세계를 배경으로 벌어지는 초대형 복수극, START!

ROK
MEDIA

ROK
MEDIA

흑신마 퓨전 판타지 장편소설

강철
마왕

『백염의 심판자』, 『타격왕 강현수』
흑신마표 강력 판타지!

불우한 사고로 식물인간이 된 소년 강철
영혼 차원 이동 프로젝트에 선발되어
외계 프로그램 베타의 도움으로
강력한 힘의 열쇠를 가지고 소생하다

뱀파이어의 권능 불사. 지배!

몬스터들의 힘을 흡수하며
막강한 힘을 부리게 된 그의 목표는 단 하나
강해지고 싶다, 끊임없이 강해지고 싶다!

드래곤조차 그의 발판일 뿐!
강함의 한계를 초월한다!
순수 강强 주인공 등장!